AF366983

LA TORMENTA DE LOS RELÁMPAGOS SIN TRUENO

ExLibric

AITOR BAYÓN ALCOLEA

LA TORMENTA DE LOS RELÁMPAGOS SIN TRUENO

EXLIBRIC

ANTEQUERA 2020

AITOR BAYÓN ALCOLEA

LA TORMENTA DE LOS RELÁMPAGOS SIN TRUENO

Dedicado a todas aquellas personas que,
abandonadas en este océano de confusión,
buscaron, buscan y buscarán la verdad.

SALVE, ADRIEL

1. La reina Esirceva

La anciana Iskenia aún recordaba tiempos de armonía y felicidad en el planeta Tihelo, años en los que su reina, Esirceva, controlaba todas las fuerzas del planeta y guardaba la armonía entre estas.

La reina Esirceva era segura, noble y bella; se trataba además de una mujer generosa, la cual nació con un fuerte impulso de adquirir conocimientos y sabiduría. Las principales misiones en las que coordinaba todas sus fuerzas unidas eran las de exploración de otros planetas. Con frecuencia terminaba reuniéndose con las reinas de los planetas más cercanos, reinas con las que, además de negociar, compartía experiencias, inquietudes y anhelos.

En más de una ocasión las otras reinas se aprovecharon de la generosidad y de las buenas intenciones de Esirceva, engañándola y humillándola. Dichos conflictos trajeron dolor y más de un quebradero de cabeza a la bella reina Esirceva, la cual, debido a esto, terminó descuidando otros asuntos de su amado planeta Tihelo.

El marido de la reina, el brillante guerrero Sabriel, era un gran apoyo para Esirceva. Siempre estaba muy atento a cualquier preocupación o sentimiento de la reina, a la que aconsejaba de forma muy atinada. Sabriel tenía la capacidad de calmarla y hacerle ver las cosas con claridad. Era realmente inteligente y sabio, tenía la capacidad de arrojar luz allá donde aparecían la duda o la ignorancia. Se trataba de una persona tranquila, discreta y silenciosa. No hablaba si no era para decir algo que valiera la pena. Era el más fiel de los siervos de la reina Esirceva, eternamente arrodillado a su voluntad.

Sabriel era muy atento y observador, no solo con su esposa, sino con todo el reino del planeta Tihelo. Además de atender los asuntos más personales de la reina, solía vigilar desde la prominente torre norte y advertir a Esirceva acerca de los problemas del reino y de posibles conflictos o peligros que estuvieran surgiendo en el planeta. La reina Esirceva era quien tomaba las decisiones y Sabriel necesitaba de la palabra de esta para poder ejecutar las diferentes soluciones. Cada cierto tiempo Sabriel informaba de la aparición de una larva de gusano y un huevo de serpiente en el reino. No se trataba de gusanos y serpientes corrientes. Sabriel percibía que eran una clara amenaza y cada vez que los avistaba pedía permiso a su esposa para destruirlos por el bien de la comunidad y del planeta Tihelo.

2. La maldición y enfermedad de Esirceva

Esirceva solía permitir a Sabriel que acabase con las amenazas de las que le avisaba, pero tras continuados conflictos y traiciones por parte de las reinas de otros planetas la reina empezó a cambiar. Estos fracasos diplomáticos terminaron por obsesionarla y provocaron que desatendiese a Sabriel y varios asuntos del reino.

Con el tiempo comenzó no solo a ignorar, sino también a menospreciar a su fiel y sabio esposo. A Esirceva le entraron dudas y ya no estaba segura de que los consejos de su marido fueran acertados, ya que no estaba logrando éxitos en el universo, más allá del planeta Tihelo. Entonces tomó la peor decisión de su vida, desdeñar las advertencias de Sabriel y permitir que la larva de gusano creciese y que el huevo de serpiente madurase. La reina pensó que a lo mejor ese gusano y esa serpiente podrían servirle contra las reinas que la habían humillado. Quiso comprobar si ese gusano y esa serpiente podían aportarle algo: información, experiencias… Incluso a lo mejor resultaban un buen arma para atacar planetas de reinas enemigas.

Al poco tiempo nacieron Nevedost, el gustano; y Xeba, la serpiente. Pero la verdad es que nada pudo aprender de aquel gusano ni de aquella serpiente, los cuales con el tiempo se volvieron monstruos enormes. Estas bestias tuvieron dos hijos: Miznisa, la araña; y Jeilza, el caballo negro. Esirceva tampoco escuchó los avisos de su marido sobre los hijos de las bestias; de hecho, cada día lo ignoraba más. La reina se estaba corrompiendo y entre sus pensamientos predominaba el dañar a las otras reinas y arrebatarles sus posesiones, ya que a ella la habían herido y estafado en más de una ocasión. Las ganas de venganza encontraron terreno fértil en el corazón de Esirceva.

Esirceva y su corte eran los únicos habitantes de Tihelo. Todos vivían en la fortaleza de Bidniava, que se encontraba en lo alto de las montañas, lugar desde el cual podían vislumbrar el reino. Pero el punto desde donde mejor podían observar todo el reino era la torre norte, desde donde fácilmente se podía detectar cualquier amenaza o peligro. Pero ahora había unos nuevos

habitantes en Tihelo, cuatro horribles bestias. Una noche oscura la araña Miznisa escaló hasta la fortaleza de Bidniava, se infiltró dentro de los aposentos del palacio y atacó a la reina Esirceva, a la que mordió y pinchó con su aguijón en la cara, dañando el bello rostro de la reina y envenenándola. Después tejió una fuerte tela con la que dejó a la reina inmovilizada en el suelo del palacio. Acto seguido la araña Miznisa huyó rápidamente fuera de la fortaleza.

La reina, que había sido tan bella y poderosa, se encontraba enferma, atada y con su rostro desfigurado.

—¿Dónde estaba mi marido, Sabriel, cuando la araña atacó? —se preguntaba entonces la reina malherida.

En un gran esfuerzo, Esirceva giró su cabeza hacia el costado y, entreabriendo los ojos, distinguió la brillante armadura de su marido, pero no lograba reconocerle. Parecía solo quedar la armadura abandonada. Si abría del todo los ojos se veía reflejada en la armadura, a modo de espejo. Al hacer esto contempló su rostro inflamado, de color verdoso y con cicatrices. Del susto y el dolor de ver su desfigurada cara, decidió no volver a mirar jamás hacia la armadura del guerrero Sabriel y permaneció llorando, atrapada en la tela de araña.

3. Los cinco sirvientes

Además de la reina y el valiente guerrero, había cinco personas más viviendo en la fortaleza de Bidniava, conocidas como los cinco sirvientes:

Lhudski, el vidente. Era un hombre ciego y sordomudo, pero tenía la capacidad de ver más allá del planeta. Tenía visiones de Tihelo y, sobre todo, de otros mundos cercanos. Podía ver las laderas, las montañas, captar sus olores y los sonidos de sus vientos y mareas. En cambio, era incapaz de sentir nada en absoluto de su entorno inmediatamente cercano. Era un hombre impetuoso e impulsivo, difícil de disciplinar, pero era un miembro clave de la corte para la reina, ya que era el único que podía aportar información de los planetas más cercanos, de sus características y recursos.

Pacuam, el evaluador. Este curioso hombre era un brillante matemático y además tenía la capacidad de entrar en la mente de Lhudski colocando su mano izquierda sobre los ojos del visionario. De esta forma, hacía posible acceder a las visiones de Lhudski, ya que al ser este sordomudo no podía contar nada de lo que veía. Con la información obtenida, Pacuam realizaba precisos cálculos de distancias y de las composiciones de los materiales con las visiones de su compañero ciego. El problema era que Pacuam hablaba un idioma que nadie más entendía en la corte, por lo que no podía expresarle directamente a la reina las visiones procedentes de Lhudski ni sus elaborados cálculos y análisis de las mismas. Se trataba de un buen científico, pero no podías esperar nada sobresaliente de él fuera de la física y la química. Además, no siempre acertaba con sus valoraciones.

Umysel, la intérprete. Esta potente mujer era el sustento del resto de los habitantes de la fortaleza de Bidniava. Podía comunicarse con Pacuam si este colocaba su mano derecha sobre el cuerpo de ella. De este modo, la información de Lhudski y los cálculos de Pacuam ya estaban disponibles para todos los miembros de la fortaleza. Umysel era el punto de encuentro para que todo funcionase. Todas las conversaciones ocurrían pasando a través de ella, era la moderadora de las reuniones y tertulias. No aportaba nada propio, pero era a través de ella como se podía comunicar el resto y obtener información los unos de los otros.

Fuznura, la estudiosa. Era la persona más inteligente de Bidniava después de Sabriel. Siempre atenta a Umysel, con la que hablaba durante horas procurando recoger la mayor cantidad de información posible. Trataba de sacar conclusiones de toda esa información y entender la realidad. Destacaba también por su disciplina y tenacidad, siempre trabajando en búsqueda de lo óptimo para el planeta y para la corte. Sus conclusiones solía hablarlas con la propia Umysel, con la reina Esirceva y con la anciana Iskenia. Se delegaban en Fuznura las decisiones cuando Esirceva no estaba presente o cuando a esta le resultaba indiferente. No obstante, la relación con Esirceva era un poco conflictiva. A estas dos mujeres les resultaba complicada la comunicación, ya que a menudo presentaban opiniones enfrentadas. A veces Fuznura tenía dificultades para comprender a Esirceva y sus argumentos. Esirceva, por su parte, solía ser tozuda, llegando incluso a preferir no escuchar los planteamientos de Fuznura. Esirceva era una mujer muy sensible. Fuznura poseía inteligencia, pero no mucho tacto. Era muy clara y directa con sus opiniones. Esa franqueza debía ser de agradecer, pero en muchas ocasiones la sinceridad sin adornos ni eufemismos puede provocar dolor en quien no quiera escucharla o no esté preparado para ella.

Iskenia, la anciana experta. Era la persona con más conocimientos y memorias del reino. Todo lo que escuchaba de mano de la reina Esirceva, de Umysel o de Fuznura rápidamente lo

apuntaba en sus innumerables libros diarios. Iskenia tenía a su cargo una gran biblioteca con libros de historia de Tihelo, crónicas de Bidniava y algún que otro libro técnico. Solía aconsejar a Fuznura cuando esta reflexionaba sobre algún tema en alto, recordándole lo ocurrido en situaciones anteriores similares. También solía observar a la reina Esirceva y tomaba nota de sus estados de ánimo, de sus anhelos y preocupaciones. Eran estos recuerdos los que más obsesionaban a Iskenia. Solía pasar largos ratos recordando a Umysel los estados más críticos de la reina Esirceva. Después Fuznura reflexionaba sobre ello e Iskenia tomaba nota de dichas reflexiones, lo que provocaba un círculo vicioso de información con el que más de una vez acababan teniendo dolor de cabeza las tres mujeres.

Con la reina Esirceva malherida y delirante y el caballero Sabriel desaparecido, la corte y el planeta Tihelo viajaban a la deriva por el universo. Pronto Sabriel fue olvidado por los cinco sirvientes, ya que Iskenia había tenido dificultades para observarle debido a su fuerte brillo y a Umysel tampoco le había llegado información clara sobre él. Con el tiempo Sabriel pasó de ser una realidad a una leyenda, en la cual cambió incluso su nombre. Iskenia contaba que hubo un día en que aquella brillante armadura fue portada por el mayor de los guerreros, Adriel, el caballero de luz. Iskenia, sin darse cuenta, mezcló historias de Sabriel con las que había escuchado Lhudski de otros planetas, en los que estaba muy extendida la creencia en un dios creador y en su guerrero glorioso, Adriel. La anciana incluso inventó diferentes cantos protagonizados por un tal Adriel, que vencía a todos los demonios en las oscuridades más profundas del universo.

4. El caballero oscuro

Los cinco sirvientes no eran conscientes de ello, pero había aparecido un caballero oscuro en Tihelo: Tamadnik el depredador. Tamadnik se había hecho el señor de las cuatro bestias y, montando sobre Jeilza, el caballo negro de ojos ardientes, reinaba ahora en el planeta, saciando el hambre del gusano Nevedost, de la serpiente Xeba, de la araña Miznisa y de Jeilza, el corcel furioso.

Jeilza resultaba una difícil montura con sus frecuentes ataques de furia. El caballero oscuro apenas podía mantenerse sujeto y cabalgaba muchas veces en la dirección que el caballo decidía en su rabiosa carrera.

Sin que nadie en la fortaleza lo advirtiese, el caballero oscuro mandó colarse al gusano Nevedost en Bidniava y, entrando por el oído de Umysel, el detestable gusano depositó en su interior el mensaje de que el señor de Tihelo era Tamadnik, el caballero oscuro, a quien incluso la reina Esirceva debía veneración. Una vez terminada la misión, el gusano abandonó la fortaleza para no levantar sospechas.

Al creer que el caballero oscuro era su señor, Umysel ni quería ni podía evitar que este accediese a toda su información y de esta forma Tamadnik tenía a su disposición las visiones de Lhudski, los cálculos de Pacuam, las reflexiones de Fuznura (aunque estas últimas no le interesaban) y las memorias de Iskenia (en las que este personaje oscuro comenzó a aparecer como el señor del reino). Tras este hecho apareció misteriosamente una nueva estantería con cuatro libros de tapas negras en la biblioteca de Iskenia, los cuatro libros oscuros:

Libro de Xeba. Guarda los objetivos del señor oscuro y los objetivos más banales y egoístas de la reina Esirceva.

Libro de Miznisa. Registra una lista de todas las personas que en algún momento llegaron a hacer sufrir a la reina Esirceva o al caballero oscuro, una lista creciente de enemigos. Además, en este libro aparecen apuntadas las principales amenazas de todo tipo hacia ellos y una lista de disconformidades con las realidades del planeta Tihelo y el rendimiento de sus habitantes.

Libro de Nevedost. Guarda una serie de leyes dogmáticas irrebatibles, deducidas desde observaciones sueltas y generalizaciones de sucesos que en su momento hayan llegado a afectar intensamente a Esirceva o al señor oscuro.

Libro de Jeilza. Contiene protocolos y procedimientos para ejecutar con inmediatez en ciertas situaciones concretas. Está orientado principalmente a situaciones relacionadas con las leyes del libro de Nevedost.

Estos cuatro libros afectaron gravemente a Iskenia, que ahora no pasaba ni un minuto en silencio y, a no ser que alguien le consultara alguna otra cosa, se dedicaba a recitar continuamente a Umysel el contenido de los cuatro libros oscuros, impidiéndole descansar y haciendo imposible el silencio en la fortaleza de Bidniava. Pronto Umysel se acostumbró a este hecho y escuchar continuamente los versos de los cuatro libros oscuros le parecía lo normal.

Gracias a los cuatro libros oscuros, Tamadnik no tenía que estar constantemente dirigiendo y exigiendo a los habitantes de Bidniava. Con el continuo pronunciar de sus versos estaban todas las formas de pensar y de actuar bien definidas, al gusto del caballero oscuro. Con la reina Esirceva atrapada y postrada

NOVEDOST

en el suelo, los sirvientes no tenían un líder que les dirigiese y les asignase tareas. Este vacío fue rellenado por Tamadnik y los libros oscuros. Estos libros oscuros facilitaban el trabajo a Tamadnik, pero de algún modo también resultaban cómodos para los miembros de la corte, puesto que refugiándose en ellos no necesitaban plantearse nada en absoluto.

Con Sabriel desaparecido y olvidado y Esirceva abatida, ella y los cinco sirvientes de la fortaleza de Bidniava creían inevitablemente que el señor de Tihelo era Tamadnik, el caballero oscuro, pero en realidad este personaje no era más que un pusilánime que estaba bajo las exigencias de las cuatro bestias, aunque frecuentemente estas le obedeciesen como un líder. Lo cierto es que Tamadnik tenía que negociar con todas ellas, prometiéndole a cada una lo que le interesaba.

Nevedost, el gusano, era fácil de complacer, pues se sentía identificado con el señor oscuro y sus intereses. Estaba bastante satisfecho con haber llevado la confusión a Bidniava y lo único que pedía a Tamadnik era que trabajase para que reinase la confusión en Umysel y nadie hiciera demasiado caso a Fuznura. Le producía un gran regocijo que los libros oscuros dirigieran la fortaleza.

Xeba, la serpiente, era con quien más a menudo debía negociar. Era insaciable. Deseaba los bienes y manjares de Tihelo y de los planetas más apetecibles del entorno. Una vez conseguía lo que pedía, exigía más y más, volviéndose cada vez más grande y destructiva. Su tamaño y su aterrador hambre eran tales que estaba deteriorando los bosques, ríos y montañas de Tihelo con su arrollador paso y sus cuantiosos excrementos tóxicos.

Miznisa, la araña, compartía a veces las aspiraciones de Xeba, pero, más que alimentarse de bienes y manjares, disfrutaba de cómo quedaban destruidos esos planetas tras el ataque y el saqueo. Miznisa pedía a Tamadnik que trabajase en que los habitantes de esos planetas atacados no pudieran levantar cabeza y se sintieran miserables por siempre. Miznisa, al igual que Xeba, tenía preferencia por atacar y arruinar los planetas más apetecibles y prósperos.

Jeilza, el caballo, no razonaba. Era pura furia y de vez en cuando embestía imprevisiblemente contra montañas o bosques, destruyendo Tihelo poco a poco. También participaba encantado en los ataques a otros planetas, donde desahogaba su furiosa ira.

Tihelo, que había sido un reino boyante, estaba ahora en un período de decadencia total. El planeta estaba cada vez más sucio, con menos recursos y más desértico.

La reina Esirceva veía cómo el reino se estaba destruyendo y esto la hacía llorar y sufrir aún más. Envenenada, apresada y con su corte llena de confusión, sentía que el reino pertenecía legítimamente a Tamadnik, al que obedecería en todo caso. Con semejante desbarajuste ya ni siquiera creía ser la reina del planeta Tihelo, pero aún lo amaba.

Umysel, la mujer que era el vértice donde se apoyaban los otros cuatro sirvientes, estaba llena de confusión y tratar de dialogar con ella o pedirle información era una tarea ardua y tediosa. Umysel sufría mucho; ahora estaba siempre con las manos en la cabeza y los ojos cerrados, muchas veces llorando. Llena de confusión, era incapaz de escuchar a Fuznura y le resultaba realmente difícil atender las visiones de Lhudski o los cálculos de Pacuam. En breve tiempo perdía esa información. Esta situación de Umysel dejaba a Fuznura fuera de juego. Ya no podía reflexionar sobre las situaciones presentes debido a que Umysel estaba prácticamente inutilizada.

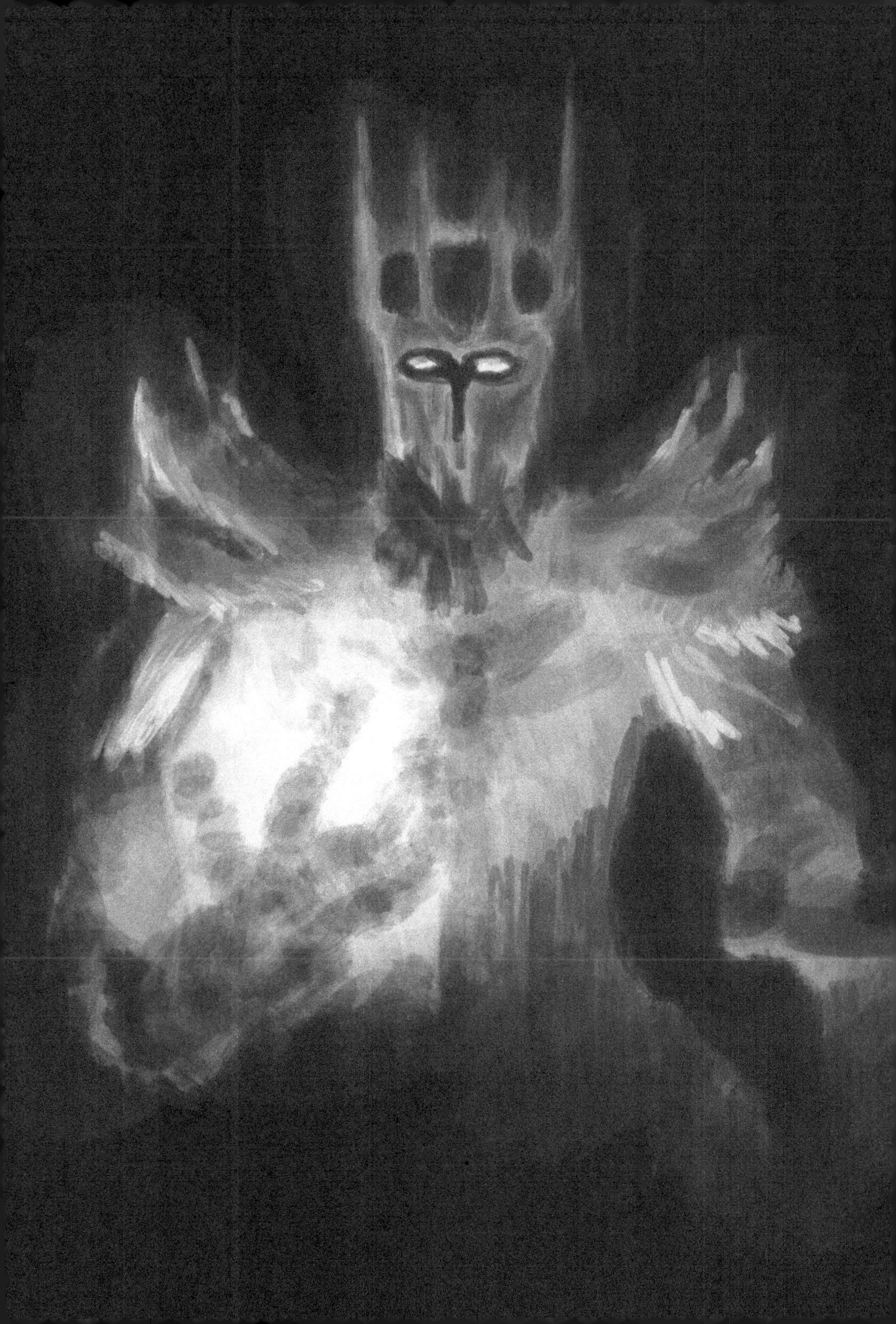

Con frecuencia aparecía el caballero oscuro en el interior de Umysel para recoger información sin tener que personarse y exigir obediencia y colaboración de los cinco sirvientes en sus malvados planes, con los cuales los sirvientes ya estaban familiarizados al escuchar a diario el libro de Xeba. Los sirvientes obedecían sin rechistar al que creían que era su señor. Era tal la confusión de Umysel que consideraban que obedecer esas macabras órdenes era lo mejor para ellos y para el planeta. Además, el señor oscuro no necesitaba dar demasiadas instrucciones explícitas, ya que los sirvientes tenían todos los quehaceres claramente definidos en los libros de Jeilza y Nevedost. Por otra parte, difícilmente verían al señor oscuro como un enemigo, pues estaban los enemigos bien indicados en el libro de Miznisa, que contenía los sujetos que despreciar y los temas que debían preocuparles.

Con el paso del tiempo Xeba, la serpiente, había creado semejante estropicio en el planeta Tihelo (además de en los planetas circundantes) que el aire de la fortaleza de Bidniava se vio afectado. Esta venenosa atmósfera afectó a las visiones de Lhudski, las cuales se habían tornado borrosas y ruidosas. También los cálculos de Pacuam fallaban con mucha frecuencia y, por tanto, los datos que llegaban a Umysel estaban cada vez más distorsionados, lo que aumentó su confusión e indujo a que cada vez se confiase menos en la ya desordenada información que ella procesaba. La atormentada Umysel estaba perdiendo cabellera y cada día se la veía más angustiada. Los lloros pasaron a gritos y rabietas. Fuznura trataba de calmarla, pero muchas veces era en vano. Umysel había perdido totalmente el control. Los aires contaminados habían llegado a afectar también a la biblioteca de Iskenia, que estaba perdiendo numerosos capítulos de sus memorias al quemarse unas hojas y correrse la tinta en otras.

5. La revuelta de Fuznura

Fuznura, viendo el total caos, intentó reunir a todos los sirvientes y hacerles ver que el caballero oscuro estaba llevando a ellos y a todo el planeta Tihelo a la destrucción. En mal momento tomó tal decisión, ya que Tamadnik, el señor oscuro, podía escuchar todo lo que escuchase Umysel y al enterarse del intento de rebelión rápidamente tomó rumbo a Bidniava, arremetiendo sobre el caballo Jeilza contra la fortaleza, llevando la violencia y la desesperación a los cinco sirvientes. También llevó consigo a la serpiente Xeba, que causó importantes daños, derrumbando la torre norte y gran parte de las murallas. Antes de retirarse, el caballero oscuro, dirigiéndose a Umysel y Fuznura, advirtió: «La próxima vez que me pongáis en duda o me desobedezcáis vendremos con la araña Miznisa y se comerá a la patética Esirceva». Y lo quiso remarcar dirigiéndose a la anciana: «Apunte bien esto, señora Iskenia». Acto seguido el caballero oscuro y sus bestias abandonaron la quebrantada Bidniava y siguieron con sus insaciables planes de poder y riqueza.

Durante días nadie quiso escuchar a Fuznura, ni siquiera la miraban. Umysel e Iskenia, por su parte, estaban en shock, paralizadas por el miedo y el trauma del ataque. Nunca nada ni nadie había llevado tanta destrucción a la fortaleza de Bidniava. Tras un tiempo, Iskenia comenzó a recuperarse y volvió a hablar con Fuznura. Esta convenció a la anciana para que contase las

historias del guerrero Adriel a Umysel, a ver si conseguía tranquilizarla o esperanzarla, pero Umysel parecía no poder escuchar o asimilar nada.

Fuznura permaneció en silencio. En Bidniava durante aquellos días solo se escuchaban versos del libro de Miznisa, buscando culpables fuera del planeta. Fuznura comenzó a reparar las murallas con la ayuda de Iskenia, quien tenía planos de la disposición de los muros. Mientras, las borrosas visiones de Lhudski y los inexactos cálculos de Pacuam seguían siendo utilizados por el caballero oscuro, que impedía la lucidez en Umysel, a quien utilizaba como su confidente.

Por otro lado, Esirceva, la que había sido reina y señora de Tihelo y de los cinco sirvientes, había recibido un nuevo golpe: la amenaza de ser devorada por la araña Miznisa, la misma que la había dejado postrada en el suelo. Entonces Esirceva, en un desesperado intento por salir de aquella situación, gritó con todas sus fuerzas:

—¡Si muero yo, en poco tiempo morirán también los cinco sirvientes inevitablemente!

6. ¡Salve, Adriel!

Fuznura entonces pidió a Iskenia que hablase de Adriel a Esirceva, a quien tenían realmente desatendida y abandonada. En Esirceva sí hubo respuesta: cambió su mirada, incluso se iluminó un poco su enfermo rostro. Fuznura susurró al oído de Esirceva:

—Mi señora, debemos salvar el planeta Tihelo de su inminente destrucción.

Esirceva comenzó a agobiarse. Se veía incapaz de desenredarse de las telas de la araña Miznisa, pero en todo este tiempo de sufrimiento, observando cómo sus sirvientes y su planeta se destruían, dejó de pensar en sus viejos enfrentamientos con otras reinas, dejó de preocuparse de su desfigurado rostro y encontró en su ser la responsabilidad de que el reino sobreviviese.

Esta vez Esirceva deseaba profundamente liberarse de su prisión y luchar por el futuro del planeta, al que aún amaba de verdad. Volvió a sentirse momentáneamente la señora de Tihelo y con un grito ordenó a sus sirvientes que la liberasen de las telas de araña. Fuznura la informó de que ninguno de ellos tenía la fuerza ni la capacidad de romper semejante tejido, pero Esirceva sabía que había alguien que sí era capaz de hacerlo.

Entonces, tras años de evitar mirarla, llevó sus ojos hacia la resplandeciente armadura del valeroso guerrero Sabriel. Al observarse en el reflejo del metal vio sus heridas, su rostro desfigurado, el fracaso en su mirada, su desesperación, su enfermedad, sus errores… Se armó de valor y continuó mirando la armadura inanimada. Llorando, viendo pasar sus peores penas frente a sus ojos, gritó desesperada:

—¡Sabriel! ¡Ven a mí!

—Dime, mi reina.—Escuchó acto seguido. Pestañeando para limpiar las lágrimas de sus ojos y poder ver, enfocó de nuevo su mirada hacia la armadura, donde vio ahora arrodillado a su marido, el guerrero Sabriel.

—¿Dónde has estado todo este tiempo? —preguntó Esirceva temblorosa y angustiada.

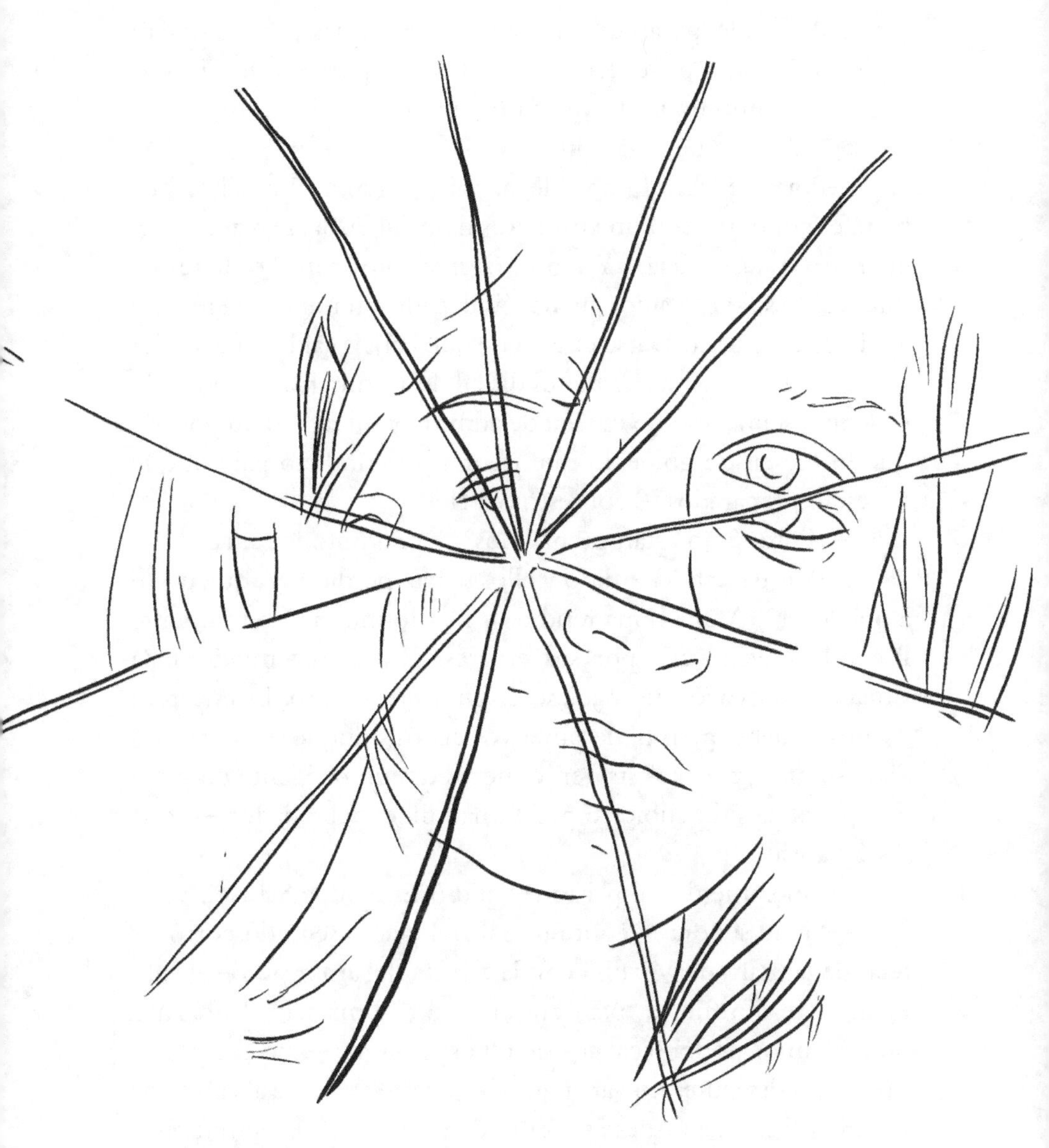

—A tu lado, mi amor. Estaba en tus lágrimas, pero te dolían demasiado como para verme —contestó el guerrero luminoso.

—¿Y cómo no pudo verte ninguno de los cinco sirvientes? —preguntó de nuevo la reina.

—Por miedo. Solo con llegar mi imagen a Umysel se hubiera encontrado con un conflicto inasumible. Si aparezco yo, el guerrero oscuro atacará. Y tanto los sirvientes como tú le tenéis miedo. No solo eso, sino que habéis llegado a renunciar al reino y a mí por ese miedo. Darse cuenta de que habéis caído en el poder del señor oscuro y sus bestias es difícil de asumir. Han obedecido órdenes oscuras, eso no es fácil de admitir, y mi reflejo provocaría que lo viesen de golpe, lo que traería un conflicto para el que no están preparados —contestó Sabriel.

—¿Porqué no están preparados? —preguntó la reina.

—Porque te has perdido y ellos te han perdido. ¿A quién van a obedecer? ¿A una reina rendida y medio muerta, eternamente llorando envenenada por sus errores? Eso les da miedo. Esta situación provocó que naciese el guerrero oscuro. El guerrero oscuro es débil, pero tiene objetivos claros, aunque sean dañinos y sin sentido; pero los sirvientes necesitan un dirigente en pie y este papel ha sido cubierto por Tamadnik el depredador —contestó Sabriel.

—Libérame de mi prisión —pidió Esirceva a Sabriel.

—Sí, mi señora —contestó Sabriel y acto seguido cortó las telas de la malvada Miznisa con la espada del amor puro—. Solo el amor te dio fuerzas para enfrentarte a ti misma y llamarme. Solo el amor podrá sacarnos de esta situación —dijo Sabriel—. Los cinco sirvientes no van a querer que me enfrente al caballero oscuro. Ni siquiera tú estás segura de que yo pueda eliminarle a

él y a la gigantesca serpiente Xeba. Ha transcurrido demasiado tiempo creyendo profundamente que es el señor oscuro el amo de este reino y de los sirvientes. Ahora no podéis creer fácilmente en una alternativa, en algo diferente.

—Yo estoy con ustedes, mis reyes —dijo Fuznura, arrodillándose frente a Sabriel y Esirceva.

—¡Salve, Adriel! —exclamó la anciana Iskenia, postrándose en adoración frente al guerrero luminoso, muy confusa pero colaborativa.

Lhudski, que no podía ver ni escuchar a Sabriel, pudo de algún modo intuir su presencia, lo que provocó lágrimas de alegría en su rostro y que todo su cuerpo temblase de emoción. Por su parte, Pacuam permaneció observando expectante.

—¡No! ¡Largo! —exclamó Umysel con las manos en la cabeza y los ojos cerrados, llorando intensamente—. Ahora tenemos una poderosa serpiente capaz de destruir otros mundos, ahora tenemos proyectos de riquezas innumerables. El señor oscuro es grande, sus fuerzas son poderosas, son invencibles —continuó la confusa y desesperada mujer. Umysel se dirigió a todos los miembros de la corte y exclamó agitada—: ¡Sabriel no existe! ¡No le escuchéis! En el libro de Nevedost pone claramente que no existe ningún guerrero luminoso en Tihelo. El único caballero de este planeta es Tamadnik, el señor oscuro, a quien debemos veneración. Y aplicando el libro de Jeilza debemos ignorar a este farsante que dice ser Sabriel o Adriel, puesto que solo son leyendas y cuentos baratos para idiotas.

Al ser Umysel un miembro importante de la fortaleza, la actitud y las decisiones del resto dependían mucho de ella. La anciana Iskenia se levantó, evitando mirar a Sabriel, y se dirigió a ordenar la estantería de los libros oscuros, que se habían caído momentáneamente al suelo. Los demás se quedaron confusos, mirando a Umysel, que les hizo dudar seriamente de la existencia de Sabriel.

Entonces Umysel se dirigió a Esirceva y a gritos dijo:

—¡Respeta las leyes del libro de Nevedost! ¡Y respeta el libro de Miznisa! Recuerda que en este pone claramente que la creencia en Sabriel y mirar su reflejo puede conducirte al sufrimiento y a la locura.

La reina se vio invadida por el miedo. Los complejos, fracasos y errores que acababa de ser capaz de afrontar al mirar el reflejo de la brillante armadura de Sabriel ahora provocaban semejante destello que resultaba aún más doloroso que antes dirigir su mirada hacia la figura de su marido. Umysel continuó chillando:

—¡Somos siervos del señor oscuro, del señor Tamadnik! Y tú también, Esirceva. No eres nadie, perteneces al señor oscuro. Te pasas el día llorando. Más bien deberías atender las aventuras y éxitos del señor oscuro y no preocuparte tanto por nosotros y por el planeta. No son tus asuntos.

Esirceva rompió a llorar desconsolada. El sufrimiento que vivía en este momento era insoportable. Fuznura se dirigió a Umysel y le comentó:

—No puedes afirmar tan segura eso. ¿Seguro que debemos veneración al señor oscuro, que tanto sufrimiento ha provocado a Esirceva? ¿Seguro que deberíamos obedecer a aquel oscuro caballero que tanto deterioro ha traído al planeta y a Lhudski y Pacuam? ¿A ese señor Tamadnik que tanta confusión te ha traído a ti, Umysel?

Durante un momento Fuznura hizo dudar a Umysel, quien se quedó pensativa. Pasados unos segundos chilló fuertemente:

—¡Sí, sí que le debemos obediencia y veneración! En el libro de Nevedost pone claramente que sí, es Tamadnik el único señor de Tihelo, de Esirceva y de los cinco sirvientes.

—Hace tiempo que no hay orden ni armonía en Bidniava. Desde que apareció el señor oscuro no hay más que caos, desorden y percepciones borrosas —contestó Fuznura.

—Por eso debemos obedecer a los cuatro libros oscuros. Son nuestra salvación, ya que nosotros no somos capaces de sacar nada en claro en este caos. Son una guía en medio de la oscuridad —respondió la atormentada Umysel.

Esto provocó a Fuznura cierto tiempo de reflexión. Los desordenados y agresivos argumentos de Umysel en ocasiones conseguían confundir a Fuznura y apagar su brillantez. Entonces se giró hacia Esirceva y le consultó:

—Mi señora, ¿esos libros oscuros han traído algo, además de sufrimiento a su sensible corazón? —preguntó cuidadosamente Fuznura.

—No estoy nada orgullosa del contenido de los libros oscuros, pero se muestran como verdades acerca de nosotros y de nuestro planeta. No sé qué pensar… Es cierto que nos están trayendo confusión y problemas, pero, por otra parte, el libro de Xeba me trajo esperanzas de llegar a alcanzar ciertos deseos que enraizaron fuertemente en mí: hacerme poderosa y poder vengarme de las reinas que me humillaron y engañaron. Ellas provocaron que dejase de creer en el resto de reinas del universo y así quedó esta creencia reflejada en el libro de Nevedost. Así también aparecen otras reinas como mis enemigas en el libro de Miznisa —contestó Esirceva.

Fuznura, escuchando a la reina y reflexionando sobre sus palabras, sin querer entrevió a Sabriel a su lado y un fuerte destello alcanzó los ojos de la inteligente mujer. Entonces, en un momento de claridad, contestó a Esirceva:

—¿No fue esa tal Miznisa la que te atacó y te dejó atrapada y sufriendo durante años? ¿Qué puede traer ese libro más que sufrimiento y autodestrucción?

En ese momento Fuznura pudo ver claramente la figura de Sabriel, quien le lanzó una sonrisa cómplice. Esirceva se quedó boquiabierta, pensando, y se llevó una mano al pecho, viéndose claramente afectada por la conversación, gracias a la que estaba cayendo en la cuenta del veneno que habían traído esos cuatro libros a ella y a toda la corte.

Entonces Sabriel se dirigió a Esirceva, la besó en la mejilla y colocó su brillante escudo plateado frente a ella:

—Mírese, mi reina Esirceva. Usted es bella y virtuosa. Esta es su naturaleza. —Esirceva se vio en el reflejo bella, sana y elegante. Las cicatrices y deformidades habían desaparecido—. Esto es lo que es usted, mi venerable señora. Esos cuatro libros oscuros no son la verdad, sino unas mentiras a las que ha deseado agarrarse para justificar sus peores deseos, no luchar y no enfrentarse a sus errores. Es el camino del débil e impuro. Pero aún está a tiempo de rectificar. Rompa el malvado pacto de servidumbre al señor oscuro, luche y acometa su deber. Aunque sea un camino más duro al principio, la liberará de su prisión y de su sufrimiento —sentenció Sabriel.

7. La gran batalla

Apareció entonces el caballero oscuro en la fortaleza de Bidniava, montando sobre el caballo Jeilza. La serpiente Xeba también lo acompañaba. Nevedost, el gusano, y Miznisa, la araña, también hicieron acto de presencia, guardando las espaldas de Tamadnik.

Umysel casi sufre un infarto del miedo y de la tensión. Fuznura vigilaba atentamente a Tamadnik y sus cuatro bestias. Incluso Lhudski y Pacuam dejaron momentáneamente de trabajar.

Tamadnik bajó de los lomos de Jeilza y andando lentamente se acercó a Esirceva, quien ya estaba incorporada. Se dirigió a ella con las siguientes palabras:

—Esirceva, soy totalmente consciente de la situación que está ocurriendo en la fortaleza. Escuché absolutamente todo a través de Umysel. Y si fuese por mi caballo Jeilza, destruiría esta fortaleza ahora mismo y a la patética Fuznura. Pero vengo a dialogar, ya que soy vuestro amo y señor y no quiero en principio destruir mis pertenencias —explicó Tamadnik tranquilamente—. Dime, Esirceva, ¿realmente crees que podrías vivir sin mí? ¿Cómo puedes ser tan desagradecida? ¿Ya has olvidado todas las hazañas que hemos conseguido? En mi gran generosidad compartí contigo los objetivos escritos en el libro de Xeba. Hemos atacado los planetas que tú marcaste como enemigos, hemos herido a esas malvadas reinas, les hemos robado sus pertenencias e incluso hemos conspirado planes para que no logren recuperarse de nuestros ataques y sufran prolongadamente. ¿Así agradeces las empresas de tu señor? Dime, ¿quién ha hecho más que yo por ti? Yo os entregué los cuatro libros oscuros. Ya no tienes que preocuparte de experimentar y adquirir conocimientos; ahí está escrito todo lo que necesitas para vivir. Solamente tenéis que servir y obedecer. Entonces las cuatro bestias y yo nos encargaremos de satisfacer tus deseos y nos ocuparemos absolutamente de todo. Te hemos permitido descansar tumbada todos estos años. ¿Hay acaso tarea más fácil y cómoda? —inquirió Tamadnik, el señor del abismo—. Escuchas palabras de alucinaciones, de fantasías que te hablan de tiempos mejores, del fin del sufrimiento. ¿De verdad te planteas tales locuras, surgidas sin duda de tu debilidad y tus delirios? —continuó el señor oscuro—. Te plantean que te enfrentes a mí y a mis terribles bestias, ¡ja, ja, ja! —rio a carcajadas Tamadnik—. Menuda locura. ¿Cómo vas a renunciar a mí? ¿Qué sería de este reino sin mí? Se necesita un líder y aquí no hay ningún otro candidato al puesto. Soy yo el incuestionable amo y señor. Yo he conseguido que Tihelo sea un planeta respetado. ¿Tú qué conseguiste? Disgustos, decepciones, humillaciones y derrotas. No puedes planteártelo. Luchar contra mí es luchar contra ti misma. No tienes alternativa más que admitirme como tu amo y señor. ¿Acaso estás dispuesta a renunciar a tus deseos escritos en el libro de Xeba? ¿Estás dispuesta a renunciar a los cuatro libros oscuros y tener que tomar decisiones por ti misma, arriesgándote a ser herida de nuevo? Y en caso afirmativo, ¿realmente crees que tú, una vulgar mujer convaleciente, puedes enfrentarte al gran Tamadnik y a sus poderosas bestias? —continuó Tamadnik. Se puso a pasear suavemente alrededor de la reina y continuó preguntando—. ¿De verdad estás dispuesta a seguir el camino que tus delirios te proponen, a renunciar a mí, a la venganza sobre tus enemigas y enfrentarte a nosotros, los más temibles guerreros, que además conocemos perfectamente tus puntos débiles y cómo reduciros a cenizas a todos vosotros y a esta fortaleza? Es una locura, admítelo. Primero, te aseguro que no podrás vencerme y que no tienes alternativa a los cuatro libros oscuros. Por otra parte, te prometen liberarte de tu sufrimiento a través de un proceso muy doloroso y peligroso, del que ni siquiera sabes si saldrás victoriosa ni si realmente cesará ese sufrimiento tras mi supuesta desaparición. Así que, por favor, no me enfades y renuncia ahora mismo y para siempre a esas alucinaciones. Te ordeno que te arrodilles ante mí y vuelvas a jurar obediencia y sometimiento —sentenció finalmente el señor oscuro.

Esirceva se quedó paralizada unos instantes y el pánico se apoderó de la fortaleza. Umysel comenzó a ordenar que se arrodillase, emitiendo tales gritos que parecía que iba a destruir su garganta y los oídos de todos los presentes. Iskenia, con el libro de Jeilza entre las manos, informó a Esirceva de que allí ponía que debía obedecer y arrodillarse ante el señor oscuro en situaciones de miedo e incertidumbre. Por otro lado, Fuznura lanzó una serena mirada de apoyo a Esirceva, tratando de darle seguridad y claridad en su decisión.

—¡Arrodíllate ahora mismo! —exigió Tamadnik—. ¿Acaso no deseas que destruya a esas reinas enemigas tuyas? ¿Prefieres que te destruya a ti? —amenazó el señor oscuro—. No soportaré ni un instante más semejante insolencia. ¡Miznisa, a por ella! —ordenó Tamadnik.

Entonces la temible y venenosa araña Miznisa se lanzó rápidamente sobre Esirceva. La reina tenía pánico a esta monstruosa araña, pero no se dejó herir fácilmente y comenzó a forcejear con ella. Vinieron a Esirceva recuerdos de aquellas malvadas reinas que en su día la hirieron y humillaron, pero ahora entendió que

tenía problemas y enemigos mucho peores en su propio planeta. Armada de resolución, perdonó en su interior a aquellas malvadas reinas y en ese preciso momento la monstruosa Miznisa empequeñeció hasta el tamaño de una minúscula araña, la cual fue rápidamente pisada por Esirceva.

Con los puños en alto y dispuesta a luchar, la reina gritó a Tamadnik:

—Tú no eres mi señor. Eres un embaucador, la oscuridad en persona.

Salió corriendo a por el gusano Nevedost, quien se había vuelto minúsculo tras estas palabras y fue aniquilado de un pisotón por Esirceva. Entonces volvió a ver a la araña Miznisa a sus espaldas, resurgida de su cadáver. Nevedost también se regeneró y se recuperó al instante. Esirceva se percató de que Iskenia seguía recitando en alto los libros oscuros a Umysel. Entonces se apresuró hacia ella y le arrebató los libros, los tiró al suelo y renegó en alto de ellos.

Intervino entonces Sabriel, el caballero brillante, y se dirigió a Esirceva:

—Has elegido el camino de la verdad. Conoce ahora que solo podrás matar definitivamente a Miznisa con la espada del amor puro. —Entregándole la brillante espada a su reina, el elegante caballero señaló a la resurgida araña y después a Jeilza, el caballo furioso—. Elimina después a Jeilza, el caballo del horror, usando esta misma espada. No tiembles; puedes ganar esta batalla —afirmó Sabriel.

—Ayúdame —suplicó Esirceva.

—Ya lo estoy haciendo —respondió Sabriel—. Elimina a las cuatro bestias y acabaremos definitivamente con Tamadnik.

Solo necesitas firme determinación y podrás aniquilarlas para siempre.

Esirceva entones enfocó su mirada hacia el caballo Jeilza, que escupía llamaradas por sus ojos. Corriendo hacia él, primero le cortó las patas delanteras ágilmente de un espadazo hacia la izquierda. Acto seguido, con un salto y un golpe descendente hacia la derecha, decapitó al horrible corcel del infierno.

Una torcida sonrisa de confianza surgió en el rostro de Esirceva. Ni ella conocía que era tan habilidosa espadachina. Miznisa lanzó un chirriante grito, tratando de asustar a la valiente guerrera. Se miraron de frente. Ahí estaban todos esos ojos y todas esas horripilantes patas. Recordó Esirceva a aquellas malvadas reinas a las que tanto llegó a odiar. Lo recordó como algo del pasado (se reía de su propia actitud), como algo superado. Miznisa, al observar decidida a su rival, comenzó a huir asustada, pero no pudo correr lo suficiente, ya que volvió a empequeñecerse y fue alcanzada por el filo de la espada del amor, que la partió por la mitad, matándola definitivamente.

Entonces el señor oscuro gritó:

—¡Has matado a Miznisa y a Jeilza, pero nunca podrás contra Nevedost y Xeba! ¡A por ella!

Comenzó una dura batalla contra el gusano y la serpiente. La valiente Esirceva consiguió asestar más de un corte a Nevedost y Xeba, pero no conseguía hacerles heridas mortales.

En un momento que paró a tomar aire se percató de que Umysel, aún confusa y agitada, continuaba recitando versos oscuros a pesar de que acababa de retirar los libros de la biblioteca de Iskenia. Corriendo fue a abrazar a Umysel y le suplicó:

—Umysel, todo este tiempo hemos sufrido juntas por culpa de la confusión y el desorden. Eres un miembro clave de los sirvientes de Bidniava. Te necesito en calma, te necesito en paz para poder derrotar a nuestros enemigos y que puedas volver a vivir en armonía. Umysel, amiga mía, mira a estas bestias y al señor oscuro a través del reflejo en la armadura de Sabriel. No tengas miedo, ahora yo estoy aquí contigo y armada de determinación. Verás todo más claro a través del espejo luminoso que resulta de la armadura del sabio guerrero.

Umysel dio una oportunidad a las palabras de Esirceva, cuya determinación trajo realmente fuerzas a la atormentada mujer, que pudo dejar de lado sus pesadillas momentáneamente y mirar fijamente hacia los monstruos y Tamadnik a través del reflejo de la armadura de Sabriel. Entró en un momento de claridad y una profunda tranquilidad llegó a esa cansada e importante mujer, que giró su rostro hacia Esirceva y asintiendo la cabeza mostró su apoyo hacia su reina.

Se acercó entonces Sabriel hacia ambas mujeres y, dirigiéndose a Esirceva, le entregó una segunda espada.

—Mi amada reina, te entrego ahora la espada de la sabiduría. Con un solo golpe de esta espada el gusano Nevedost y la serpiente Xeba morirán definitivamente. No dudes ni te demores ni un instante y acaba con su malvado reinado —animó Sabriel.

Nevedost se había vuelto minúsculo y fue fácilmente aniquilado con la espada de la sabiduría a manos de Esirceva. Entonces comenzó una peliaguda batalla entre Esirceva y la gran serpiente Xeba. En aquellos instantes de concentración, esquivando los arrolladores ataques e intentos de estrangulación de la gigantesca serpiente, pareció pararse el tiempo para Esirceva y observó sus viejos anhelos de acumular fortuna y fama para ser venerada y respetada de esta forma. Entendió la ridiculez inmadura de aquellos deseos, que formaban ya parte del pasado. Ahora sus deseos estaban centrados en recuperar totalmente la salud de los sirvientes, reparar y cuidar el planeta Tihelo y vivir para siempre junto a su amado Sabriel.

En ese momento la serpiente se volvió del tamaño de una culebra e intentó huir y esconderse, pero fue alcanzada por la espada de la sabiduría, que terminó definitivamente con la vida de la serpiente Xeba.

Entonces incorporó su mirada hacia Tamadnik, el señor oscuro. Se encontraba con los brazos cruzados y el rostro serio, tratando de parecer seguro e intimidante, pero se le notaba realmente nervioso, sin ideas.

—Sabriel, ¡acaba con él! —ordenó Esirceva.

—Encantado lo haría, mi reina, pero ese parásito ya está muerto. Fíjate, no puede moverse. Le has descubierto, no tiene nada que hacer. Su reinado se alimentaba de tu ignorancia, de tus deseos más egoístas, de tu odio y tu ira —informó sonriente el gran Sabriel.

Esirceva se acercó hacia Tamadnik y, mirándole fijamente a los ojos, se enfrentó a su presencia. Al contemplarlo de cerca pudo ver

el miedo en los ojos del señor oscuro. En un veloz gesto, la reina Esirceva clavó la espada del amor puro en el pecho de Tamadnik y con la espada de la sabiduría realizó cortes descendentes en forma de zigzag, disolviendo la figura del señor oscuro como si de una pantalla de humo negro se tratase, desvaneciéndose totalmente en el aire.

—¡Bravo, mi reina Esirceva, la victoriosa! —exclamó Sabriel.

—¡Bravo, gran reina! —exclamaron Umysel y Fuznura.

—Por favor, mi reina, recuerda aquel sufrimiento y esta dura batalla cada vez que te advierta de la aparición de una larva y de un huevo de serpiente, pues te aseguro que volverán a aparecer. Por favor, recuerda y ordéname que los aniquile una y otra vez. Y debes saber que, aunque en un largo tiempo me creíste desaparecido, siempre estuve aquí. Llámame, reclámame con fuerzas, desea mi luz desde lo más profundo de tu corazón y aquí estaré. A lo mejor es un camino lento, a lo mejor es un camino duro, pero es la vía —dijo Sabriel.

—Tú eres el todo y solo de pensar en ti siento mi espíritu temblar de alegría y emoción con la fuerza de un millar de terremotos. Sin ti no sería quien soy, sin ti no sabría quién soy, sin ti no sabría dónde estoy ni a dónde voy. ¿Por qué yo? Porque tú. Eres la razón de mi ser. Tú me salvaste y volverás a salvarme, tú me perdonaste y volverás a perdonarme, tú me enseñaste y seguirás enseñándome, tú me despertaste y jamás podré olvidarte. Estabas conmigo desde el día uno; el resto es apariencia y tú, real como ninguno. Si estoy aquí de nuevo es por tu voluntad y no por la mía. Por eso te entrego mi vida y todas las que tú decidas. No voy a vivir del reino, voy a vivir para el reino. No es mi ilusión, no es mi trabajo. Es mi deber. ¡Brillarás por siempre, Sabriel! —dijo Esirceva.

—No me extraña que desde tiempos inmemoriales se escribieran cantos a tu gloria. ¡Gloria a Sabriel! —exclamó la anciana Iskenia, aún algo confusa.

8. Tras la victoria

Pasado un tiempo de celebraciones se pusieron manos a la obra en la reconstrucción y purificación del planeta. Con un poco de atención y cuidado que le dedicasen, el planeta tendía a regenerarse por sí solo ahora que no había ninguna serpiente deteriorándolo o intoxicándolo.

La tarea más ardua era la reconstrucción de la torre norte, que, siendo una edificación tan alta, precisaba de una gran y sólida base, la cual costaba bastante tiempo construir y, sobre todo, asentar para poder ofrecer el suelo adecuado a una obra de tal magnitud. Además, debía hacerse la misma tarea piso a piso, asegurándose de que pudiera soportar el peso de los siguientes antes de añadir otra altura. Y, sobre todo, esta torre requería de un mantenimiento mucho mayor que las murallas o el resto de la fortaleza. Siendo tan alta, cualquier pequeña grieta o enraizamiento de alguna vegetación podía ponerla en riesgo y causar que perdiera el equilibrio la torre entera. Pero, indudablemente, el mantenimiento diario de la torre merecía la pena para poder vigilar y cuidar todo el reino plenamente. Además, era el lugar desde el cual más fácil resultaba percatarse de la aparición de huevos de serpiente y larvas de gusano. Tenían muy en cuenta que

la malvada serpiente Xeba podía volver a nacer si descuidaban la vigilancia y aún recordaban cómo Xeba destruyó la torre entera y parte de la fortaleza en un solo ataque.

El hecho de poder construir semejante atalaya denotaba una buena coordinación y un preciso trabajo de todos los sirvientes de la corte: se necesitaban los mejores estudios y cálculos, se requería pensar dos veces antes de poner la siguiente piedra, se necesitaba experiencia. Pero sobre todo se precisaba tener claro que querían hacer tal esfuerzo para mantener el ánimo y poder hacerlo correctamente, sin que surgiera la desgana. En definitiva, construir y mantener la torre norte implicaba determinación, es decir, exigía que Esirceva estuviera decidida y llena de valor.

En un momento de descanso, la reina Esirceva decidió mandar dos cartas a las diferentes reinas con las que estuvo enemistada.

Primera carta a las reinas:

Reinas del universo, somos privilegiadas: tenemos planetas, comida, fortalezas, ropa y diferentes lujos. ¿No creéis que en verdad somos cada día más pobres? ¿Qué mueve tu vida? ¿Qué ilusiones te quedan? ¿Qué esperas de la vida? ¿Conseguir un mayor reino? ¿Reconocimiento? ¿Fortuna? ¿Pasar el rato? Me entra la risa… Ya estamos muertas. Creo que nos estamos perdiendo la vida mientras esta ocurre. Hasta las reinas más nobles están perdidas. Todas tendemos a adaptarnos al entorno. Parece que no queda otra opción, no vaya a ser que te tomen por tonto. Demasiado miedo, demasiada competición, demasiada comparación. No somos amigas ni de nosotras mismas. Nos hemos vendido y ahora ¿qué nos queda? Sobrevivir a nuestros propios deseos. ¡Al infierno! Igual en nuestro lecho de muerte nos

*damos cuenta de qué trata esto de la vida. Tarde. El incapaz de amar
será arrojado a la cruel soledad del egoísmo. Un abrazo, compañeras
del universo. Mis mejores deseos.*

Esirceva

Segunda carta a las reinas:

*Señora reina, gracias por hacer que salga mi lado oscuro y recordarme
que aún me queda mucho por trabajar y por aprender. Me obligáis a
que me supere una y otra vez. Y tras la tormenta resurjo mucho más
fuerte. Gracias, de verdad.*

Esirceva

Y Esirceva mandó escribir a Iskenia en sus memorias: «*Aquella
que es señora de su reino es realmente la más rica y poderosa. Me puse un
precio ¿Se admiten devoluciones? Quiero lo que realmente me pertenece. Las
reinas de verdad hacen lo que quieren hacer. Las reinas que se venden hacen
lo que pueden*».

En otra ocasión la reina recitó a su anciana sirviente:

—Estoy muy contenta. Intento ser yo misma y cada vez me
sale mejor. No he nacido para adaptarme, ni para actuar con intenciones escondidas o estrategias, ni para comportarme como
los demás esperan o desean que me comporte. Sé que puedo
molestar, sé que puedo ofender, pero ese no es mi problema.
Eso no me remuerde la conciencia. Me la remordería el no ser
real, el ser una actriz, el no ir de frente. Y duermo muy tranquila
porque a la mañana me miro en el espejo, veo mis ojos y me
reconozco: soy yo.

9. El microcosmos

Y así aconteció toda esta historia en tu interior. El mundo completo que se ha relatado representa una persona humana.

El planeta Tihelo simboliza al cuerpo.

La reina Esirceva es el corazón: las emociones, las acciones y la atención.

El guerrero Sabriel es la consciencia y el lugar donde nace la fuerza de voluntad.

Adriel es un cuento. Y este cuento se llama *Salve, Adriel*.

Lhudski, el vidente, simboliza los sentidos.

Pacuam, el evaluador, es el cálculo y el análisis.

Umysel es la mente.

Fuznura es la razón.

Iskenia es la memoria.

La serpiente Xeba representa el deseo.

El gusano Nevedost representa la ignorancia (no principalmente por una carencia de conocimientos, sino más bien por sostener creencias de una forma firme e irrefutable).

La araña Miznisa representa el odio y la envidia.

El caballo Jeilza simboliza la ira.

El señor oscuro, Tamadnik, es el ego, un personaje que creamos de forma artificial y muchas veces inconscientemente. Un personaje por el que nos dejamos llevar con facilidad, formado por la imagen que queremos tener de nosotros mismos y la imagen que queremos proyectar al resto. Es un personaje ficticio, pero cuya farsa terminamos creyéndonos al identificarnos con él. La personalidad de este ego está definida en los cuatro libros oscuros: es esa parte nuestra que juzga, que cree saber, que desea insaciablemente y piensa con frecuencia en esos deseos; esa parte nuestra que a veces teme, odia y envidia, que se preocupa de más, que especula, que se ofende, que reacciona con inmediatez a los estímulos antes de razonar, antes casi de sentirlos. Es esa voz interior que cuando nos proponemos algo siempre nos propone algo más sencillo, más cómodo y más habitual. El señor oscuro, el ego, nace al apegarse el corazón al deseo y al justificar la ignorancia en nuestro ser. Es decir, al permitir que Xeba y Nevedost crezcan.

Los cuatro libros oscuros son el subconsciente:

El libro de Xeba es el libro de los deseos.

El libro de Nevedost es el libro de las creencias.

El libro de Miznisa es el libro del miedo y las preocupaciones.

El libro de Jeilza es el libro de las reacciones.

La torre norte son las rutinas y hábitos saludables que tanto tiempo cuesta construir y que tan fácilmente se derrumban en un mal día o en una celebración, siempre destruidos a manos del deseo.

La tela de araña que atrapa a la reina representa a los apegos, deseos e ideas a los que vendemos nuestro corazón cuando no estamos dispuestos a renunciar a ellos.

De parte de tu guerrero interior: mantente real, haz lo que debas y cada vez que me necesites simplemente salúdame. Estoy ahí siempre.

Sabriel

10. La reunión de reinas

Siendo Esirceva conocedora de esto y tras recibir respuestas de las reinas a las que envió cartas (unas amenazantes, otras burlonas, pero también hubo otras que se mostraron agradecidas, arrepentidas o cooperativas), la reina Esirceva volvió a enviar cartas a todas las reinas a las que había escrito en un principio y les propuso hacer una gran reunión de reinas del cosmos. Invitó a las que contestaron a las primeras cartas y también a las que no dieron respuesta.

La propuesta fue recibida con gran interés por casi todas las reinas que fueron invitadas y finalmente asistieron casi todas. Y no solamente aparecieron las reinas. La mayoría asistió en compañía de su corte al completo. Acudieron con expectativas y algo de emoción, pero no sería el tipo de reunión que la mayoría de ellas creía que iba a ser.

La reina Esirceva (que estaba con su marido, Sabriel, a su derecha) pidió la palabra para abrir la reunión tras recibir a las otras reinas y el respectivo protocolo de salutaciones. Muchas reinas estaban entretenidas hablando entre ellas. Como consecuencia del encuentro, surgieron conversaciones de intereses compartidos, pero consiguió la atención de casi toda la asistencia y así se dirigió a ella:

—Necesito compartir, necesito expresar. Quiero hacer algo bonito por esta realidad. Estoy aquí y me siento. ¿Alguien me siente? ¿Alguien siente también esto? ¿Hay alguien ahí al igual que hay alguien aquí? Sé que estoy aquí. Soy consciente de este universo y su realidad, puedo sentirlo. Pero también siento que mi existencia es otra. Esta realidad es un juego curioso. Un juego muy especial. ¿Alguien me entiende? Estoy aquí, me siento. ¿No os parece increíble? Existimos. ¿Por qué? ¿Por qué la existencia en lugar de la inexistencia? Lo fácil sería no existir. La inexistencia no precisa de un porqué, pero la existencia sí. ¿Por qué existe el cosmos? Podría no haber existido. Aunque todo esto solo fuera una ilusión, me parece que está ocurriendo continuamente un milagro. La existencia en lugar de la inexistencia. Existimos, me parece increíble. Si fuera una ilusión, la ilusión existe y solo por eso ya me parece un misterioso milagro. Y siento que es algo más que eso. Todo tiene un significado aunque no podamos entenderlo aún. Me amo y amo lo que me ha tocado. En esta realidad he sentido mucho amor, he sentido cosas incomparables. También sentí dolor y no todo fue tan fácil. Pero he sentido un amor tan intenso que no puedo evitar amarme y amar lo que me ha tocado. Amo profundamente algo de esta realidad. Existimos; continuamente ocurre un milagro, existe algo maravilloso, existe la belleza, existe el amor, existe la verdad.

Las reinas y todos los asistentes se sorprendieron y reaccionaron con respuestas de aprobación, mostrando que podían entender lo que expresaba Esirceva. Estas palabras llegaron profundamente a las reinas y dieron mucha conversación a sus cortesanos en un primer momento, pero en cuestión de segundos volvieron a distraerse hablando entre ellos, obviando este milagro y así ignorando el mismo.

Sabriel recitó tres veces en alto lo siguiente:

—Existe la belleza, existe el amor y existe la verdad, dando esto pie a que existan la envidia, el odio y la mentira. Y, en medio de ellos, lo que separa a lo primero de lo segundo es un denso humo de deseos e ignorancia que duele, confunde y ciega.

Viendo lo rápido que se perdió el interés por lo expresado, la reina Esirceva entendió que solo podría encontrar respuestas, completa comprensión y abrigo en su propio reino junto a Sabriel, contemplando juntos el milagro. A lo mejor sin nunca poder llegar a explicarlo, pero sí pudiendo ser conscientes de él.

LA TORMENTA DE LOS RELÁMPAGOS SIN TRUENO

Llovía y llovía y yo corría y corría,
atravesando un vendaval en la oscuridad.
Entre el gran alboroto y confusión
tuve la gran observación, vino lo bueno.
Me encontraba en la tormenta
de los relámpagos sin trueno.
Destellaban, pero no tronaban.
De pronto ocupaba yo el trono
en el calor de mi hogar,
sonriendo al comprobar
que la tormenta no me podía mojar.
Inalcanzable.
Los rayos no podían tronar
y en cuanto vi dónde estaba realmente yo
paró la tormenta y salió el sol.

MI RÍO

Vivo junto a un gran río.
A veces lento, a veces violento,
a veces impredecible como el viento.
A menudo se desborda
y me arrastra la corriente.
El agua comienza tocándome los pies
y seguido ya no sé dónde estoy.

Dando vueltas y vueltas,
avanzo a velocidad río abajo.
Me he pasado la vida entera inútilmente
nadando contracorriente
o dejándome llevar
cómodamente rendido,
cómodamente perdido.

Poco tiempo paso sentado en la orilla,
cuesta encontrarla.
Pero solo desde la orilla puedo estudiar el río:
ver su anchura, sus corrientes y, sobre todo,
cuándo y por dónde se desborda.

Raja Yoga

Los textos anteriores están pensados para facilitar la comprensión de las técnicas de meditación.

Se van a explicar técnicas de meditación basadas en la experiencia personal del autor, estando esta relacionada con el Raja Yoga y la filosofía *samkhya*.

Entra en www.aitorbayon.com/audio-guia para descargar las once meditaciones en audio digital que ayudarán a la progresiva comprensión, asimilación y práctica de lo expuesto en los siguientes puntos.

Nota aclaratoria:

A continuación se nombrarán las palabras yoga y meditación indiferentemente para referirse a lo mismo en todos los casos. Se explicará más adelante la diferencia entre estos dos términos, que en la práctica son inseparables.

0. Espacio y condiciones

Espacio

El lugar donde vayas a practicar debe ser preferiblemente silencioso, bien limpio, bien ventilado, sin animales ni personas moviéndose alrededor. Un lugar donde puedas aislarte en calma. Puede ser exterior o interior. Apaga el teléfono. La música está bien, pero el silencio es importante y deberías ser capaz de practicar también sin necesidad de música.

Condiciones

Hay una cosa importante: **no comer por lo menos dos horas antes de la práctica de yoga.** No solo es incómodo en las posturas, sino que la digestión dificulta muchísimo la concentración. **Tampoco es recomendable practicar si estamos cansados** o en estados de crisis.

Para practicar las técnicas respiratorias que se proponen, **consulta con tu médico en caso de problemas cardíacos o hipertensión.** No obstante, se aclarará en el siguiente apartado cómo no deben practicarlas quienes sufran esas condiciones.

Cuida la higiene. Para practicantes experimentados es una buena idea, además de estar bien limpios por fuera, limpiar por dentro antes de la práctica: realizar gárgaras y, en caso de ya haber sido adecuadamente instruido en técnicas de limpieza yóguicas (*uddiyana bandha, nauli, jala neti, kapalabhati…*), puedes practicar las que te gusten.

La condición más importante para practicar yoga es la actitud. Una actitud de autoobservación y curiosidad, darle una oportunidad a las indicaciones y tratar de ejecutarlas con sinceridad, sin autoengañarte. Mucha gente practica yoga de una forma superficial, evitando tener que encontrarse de frente con su mundo interior, evitando la concentración a toda costa. No caer en esa actitud floja es lo realmente importante. No intentar que pase el tiempo rápido y con el menor esfuerzo actitudinal posible. Una vez que se está dentro de la práctica, hacerla. Dejar de alimentar la rueda habitual de pensamientos y lograr enfocar tu mente hacia lo que estás haciendo. Respeta el silencio exterior e interior.

Suavidad. Te animo a disfrutar, a disfrutar de respirarte con suavidad.

El yoga es una práctica totalmente personal. El profesor indica unas instrucciones, pero no es obligatorio seguirlas. Puedes parar para respirar a tu forma, hacer contraposturas que te pida el cuerpo para compensar o, si lo necesitas, incluso tumbarte. Lo importante es mantenerse bien conectado con uno mismo.

Suavidad en la postura, suavidad en la respiración, no fuerces la quietud, dirige suavemente la atención.

No hace más yoga el que más se dobla, sino el que más presente está.

I. Concepto de meditación

En cuanto al **concepto de meditación** puede surgir cierta confusión. Es de gran valor e incluso necesario pararse a recordar lo que hemos hecho en el día, lo que ha ocurrido y cómo lo hemos vivido. Es importante reflexionar. Creo que reflexionar también puede ser una forma de limpiar y ordenar la mente, pero **no es lo que se hace en meditación**. En meditación descubres cosas que las reflexionas en otro momento. Es importante comprender lo que se trabaja o «lo que se hace» en la meditación, que no es la reflexión, sino la observación. Se trata precisamente de no hacer nada, no reaccionar ante nada y seguir simplemente observando.

Hay otro tipo de técnicas o trabajos interiores en los que se usan la reflexión y la memoria. Son prácticas que aportan al desarrollo personal y a la liberación del condicionamiento de nuestras propias creencias, pero si hablamos de meditación (o de yoga) estrictamente, lo que se busca es un estado en el que los pensamientos paran, no existe el movimiento, vas al silencio, al yoga. Sí es cierto que una de las vías para llegar a este estado es mediante **autopreguntas;** pero solo haces preguntas, no respondes, no reflexionas sobre lo que te preguntas. Lanzas la cuestión a tu mente tantas veces como sientas y simplemente observas, evitando sacar conclusiones al momento.

Al enfocarte hacia el yoga te propones salir del río y alcanzar la orilla. Descubres que, en realidad, estás en el trono de tu hogar en lugar de en el exterior, en medio de la tormenta. O también es como mirar fijamente al guerrero Sabriel, es decir, a tu conciencia. En definitiva, te enfocas hacia el yoga cuando te colocas como observador, cuando desde la conciencia (desde lo que eres) contemplas tu reino, tus posesiones (lo que tienes: cuerpo, mente y emociones).

La mente como algo externo, algo que posees

Recuerda por un momento **cómo eran tu cuerpo y tu mente cuando tenías cinco años.** El cuerpo era pequeño; la mente, tierna, inexperta, inmadura… Sin duda, tu cuerpo y tu mente han cambiado mucho, pero ¿qué me dices de ti? ¿La persona que estaba a los mandos de aquel cuerpo y aquella mente era otra distinta a ti? ¿Ha cambiado quien observaba y experimentaba lo que ocurría en aquel cuerpo y aquella mente de niño? ¿Acaso se ha puesto en todos estos años alguien a los mandos y escucha de tu cuerpo y mente?

Solo tú has escuchado tus pensamientos, solo tú has vivido tus sentimientos, solo tú has sido testigo de absolutamente todos los sucesos, pensamientos y sensaciones que han ocurrido en tu vida. Ese testigo no ha cambiado, no ha crecido, no se ha movido ni ha sido sustituido.

¿Solo recuerdas las experiencias de tu memoria o también recuerdas que las viviste, que has sido testigo de ellas? ¿Es cierto que el que ahora está siendo testigo de cómo estas palabras pasan por tu mente al ser leídas es el mismo testigo que vivió todo aquello desde que naciste? El observador no ha cambiado en absoluto. **Para practicar yoga es imprescindible que comprendas que**

no eres tu mente, sino el testigo: que tú eres el observador y la mente y el cuerpo son lo observado. No es necesario adoptar nuevas creencias ni mucho menos. Simplemente necesitas plantearte esta perspectiva cuando medites.

Metacognición

En cuanto a las capacidades que las teorías de la metacognición atribuyen a la mente, en yoga entendemos que la conciencia, siendo algo separado del espacio y el movimiento, es quien hace posible la cognición al ser la mente y el cuerpo posesiones externas observables. Esa metacognición requiere presencia, no la hace la mente por sí sola. La presencia observa, la mente lo reflexiona. La presencia (conciencia presente) dirige la atención; la mente también la mueve, pero por inercia, de forma reactiva y dispersa, **SIN CONCIENCIA de cómo va rebotando la atención.** La mente por sí sola no puede conocer; necesita que estés presente, que estés consciente de la información que procesa la mente. No importan las creencias que se tengan o los nombres que cada uno ponga a las cosas.

Si te sitúas como un observador de la mente dentro de la mente es como el que quiere observar el río en medio de la corriente, donde cada pensamiento afecta al observador, que se lo tomará inevitablemente como personal al identificarse con la mente. Entonces reaccionará y se perderá la observación. Si te sitúas como un observador de la mente externo a la mente podrás estudiarla desde la claridad y la calma, logrando no reaccionar ante el contenido de la mente y poder valorarlo más objetivamente.

La mente como una hoguera

Imagina a tu mente como una hoguera, una hoguera que si no echas leña irá apagándose por sí sola. Si piensas o intentas apagar esta hoguera, se activa y arde con más furia y fuerza.

La mente seguirá pensando por sí sola aunque tú no intervengas. Si te pones a pensar estás echando leña a esa hoguera, que tardará más tiempo en silenciarse y apagarse. Y si intentas apagar la hoguera de otra forma que no sea por sí sola es como soplar el fuego para intentar apagarlo, pero solo conseguir avivar las llamas. Meditar es, sencillamente, no echar más leña al fuego y seguir observando.

En meditación buscamos llevar la mente a un estado de silencio o «mente en blanco», pero esto no es algo que se pueda ni se deba forzar. Tratar de callar a la mente a la fuerza es contraproducente. Le estás dando importancia y atención a esos pensamientos que quieres silenciar, lo que dará más volumen, más poder y más movimiento a la mente. Lo único que podemos hacer para silenciar la mente es quitarle el único poder que tiene sobre nosotros, nuestra atención. Cuando nuestra mente mantiene absorbida nuestra atención participamos inconscientemente en el parloteo de la mente, manteniéndola en movimiento, manteniendo el fuego vivo.

2. La postura de meditación (*siddhasana*)

Intentaré expresarme con la mayor claridad y precisión posible, pero quiero remarcar que cualquier asunto relacionado con el yoga es mejor escucharlo en persona que leerlo. Si realmente te interesa el tema, además de trabajar con este texto, busca un profesor con experiencia en yoga para que puedas comprender adecuadamente las instrucciones básicas y para que valore la movilidad de tu diafragma y te oriente. Informa a tu profesor de que no tienes experiencia e intenta ir el primer día con mayor margen de tiempo para poder hablar con ella/él. Busca bien, pues no todos los que dan clases de yoga van a poder ofrecerte esto. Muchos profesores de yoga no han practicado meditación ni la enseñan.

Lo imprescindible en yoga es la atención: trabajar por no dispersarse y estar en lo que se está haciendo. Respetarse a uno mismo y ponerse en una actitud seria y firme de autoescucha en silencio.

Pero, además de la actitud, hay dos cosas que debes aprender antes de practicar meditación-yoga: **a respirar y a sentarte**.

Sentarte correctamente en postura de meditación

Nos sentamos sobre algo que nos dé altura, de tal modo que las rodillas puedan quedar cerca del suelo e incluso apoyarse en él si fuera posible, quedando las caderas más altas que las rodillas. Puedes sentarte sobre un cojín de meditación (zafu), un cojín común (que tenga algo de cuerpo), un bloque o incluso una manta o toalla doblada. Sin un asiento aguantaremos menos tiempo la inmovilidad y se dificultará la concentración.

Nos sentamos colocando los huesos isquiones al borde del asiento, tratando de que las nalgas (la carne) queden libres atrás, no abajo aplastadas. Cuanta menos apertura de cadera tengan nuestras piernas, mayor altura de asiento será necesaria para poder hacer bien y más cómoda la postura.

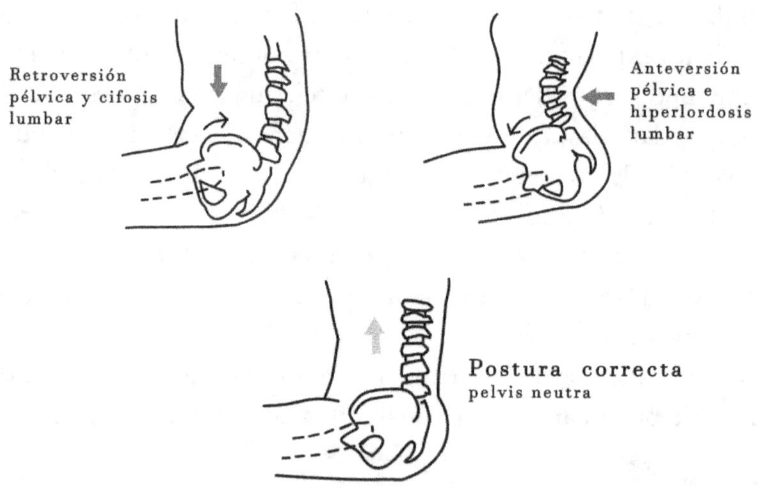

— La columna debe estar recta, sentados sobre los isquiones con la pelvis neutra o en sutil anteversión (sin marcar lordosis ni cifosis en lumbares) y la espalda bien recta.

— Cruza las piernas de la forma más cómoda posible. Hay diferentes posibilidades: *sukhasana*, *siddhasana*, *vajrasana* (no necesita asiento), *swastikasana* o *padmasana*, siendo también adecuada *ardha padmasana* o aquella postura sentada que te guste y te resulte relajada.

— Hombros relajados, pero no caen delante; pecho abierto, brazos totalmente sueltos que descansan sobre las manos, que están apoyadas en los muslos o las rodillas.

— Sin flexionar en absoluto el cuello, la barbilla busca sutilmente la garganta, como queriendo ascender la coronilla de la cabeza hacia el cielo.

— Los ojos quietos. Los párpados pueden estar cerrados o abiertos, pero los ojos bien aparcados.

— Invita al cuerpo y a los ojos a la inmovilidad, pero no fuerces, no les exijas inmovilidad. Que no resulte una lucha. Simplemente, deja de acelerar y permite que todo frene por sí solo.

Practica atentamente la respiración yóguica (se explica en el siguiente punto).

La postura de meditación: Meditación A

3. La respiración

(respiración yóguica completa)

En clase de yoga esta respiración hay que practicarla tanto en la meditación como en asana (las posturas) y también puede hacerse en la relajación.

En yoga se utiliza solo la nariz para respirar, tanto para inhalar (tomar aire) como para exhalar (soltar aire). La boca se usa solo para técnicas de respiración muy concretas. Buscamos hacer una respiración amplia, utilizando toda la capacidad pulmonar. Sin forzarla, pero utilizándola.

Practicaremos una respiración con cuatro etapas (inhalación, retención a pulmones llenos, exhalación y retención a pulmones vacíos), **a no ser que suframos problemas de corazón o hipertensión,** caso en el que, tras consultar con el médico, se evitarán las retenciones y se practicarán solo dos etapas de respiración (inhalación y exhalación).

Lo más importante es la exhalación: alargarla todo lo posible sin llegar a ser forzada, expulsando lentamente el aire a una velocidad uniforme (sin acelerones o brusquedades), no dejarse llevar por la prisa y conectar con el placer de vaciar el pulmón poco a poco, soltando toda la tensión del mismo al controlar el lento flujo de salida del aire. La exhalación debería ser siempre algo más larga que la inhalación (incluso el doble de tiempo o más), pero insisto: sin forzar.

La técnica

Todo empieza y termina en el abdomen.

La inhalación

Tratamos de llenarnos completamente desde abajo hacia arriba, desde el bajo abdomen hasta las clavículas. Primero sientes cómo el vientre es empujado hacia delante (por acción del diafragma) y luego cómo se expande el torso hasta las clavículas.

El vientre sale hacia delante y después se llena el pecho hasta arriba. Suavidad, no hay que forzar. Tratamos de llenarnos al máximo, pero vigila que no comiencen a elevarse los hombros por encima de la altura de las clavículas: podría ser una señal de que se está forzando demasiado en la inhalación. Que la inhalación sea amplia es beneficioso, pero lo es aún más que sea suave y totalmente agradable para ti.

La retención a pulmones llenos

No practiques retenciones en las primeras respiraciones. Permítete varias exhalaciones largas para ir relajando el ritmo respiratorio y que de este modo sean más cómodas las retenciones. Con una milésima de segundo podría ser suficiente. El tiempo justo para que te dé tiempo a darte cuenta de la inmovilidad (que ya no inhalas y que todavía no exhalas). Sientes como estás lleno, grande y quieto antes de empezar a exhalar despacio. Dos, tres, cuatro segundos de retención o una milésima de segundo podría ser tiempo adecuado y suficiente. Simplemente, asegúrate de que te dé tiempo a darte cuenta del instante de quietud respiratoria, no aguantar más de lo que sea cómodo y que esta retención no repercuta en la exhalación, acelerándola.

La exhalación

Es la parte en la que más nos enfocamos de las cuatro que componen la respiración. Como si abrieras el grifo al mínimo, expulsa por la nariz un fino hilillo de aire controlado a una velocidad uniforme, desde la suavidad. Proponte disfrutar de tu exhalación lenta, soltando la prisa junto con el aire al controlar el flujo de salida. La exhalación tiene propiedades relajantes, pero solamente se accede a dichos beneficios mediante exhalaciones suaves, lentas (sin prisa) y, sobre todo, atentas. Pasamos casi toda la vida respirando inconscientemente (sin atención) y parcialmente (ni nos llenamos ni nos vaciamos del todo ni movilizamos la musculatura destinada a ello).

Es común que cuando respiramos de forma inconsciente exhalemos rápido y que antes de vaciarnos del todo ya estemos inhalando otra vez. Es muy importante expulsar el aire residual que no solemos expulsar. Por tanto, la exhalación, además de larga, debe ser completa. Para vaciarte completamente, introduce sutilmente el vientre hacia dentro, empujando muy suavemente el diafragma hacia arriba. Vacíate bien, pero sin generar una tensión que impida una breve retención a pulmones vacíos. Vaciarte bien del todo con este método también favorece que más fácilmente surja la siguiente inhalación desde el vientre, movilizando de esta forma el diafragma. Si te es posible, vacíate desde abajo hacia arriba.

También cabe señalar que lo más importante es disfrutar de la exhalación. Las técnicas de yoga no son dogmas, son pistas para que descubras por ti mismo tu forma de llegar a la meditación. Por tanto, déjate guiar por el gusto de exhalar sin prisa y, con práctica y autoestudio, descubrirás todo por ti mismo.

La retención a pulmones vacíos

Es un momento muy relajante. Si no lo sientes así, estás forzando la retención o alguna otra etapa del proceso respiratorio. No fuerces la retención; con que te dé tiempo a darte cuenta de que estás totalmente vacío y quieto (ya no exhalas, aún no inhalas) es suficiente. Una milésima de segundo podría ser suficiente. Practica las retenciones solamente si te sientes realmente cómodo en ellas. Alárgalas solo si sientes que la retención se alarga por sí sola.

Es un momento idóneo para observar la mente. En la quietud respiratoria, en el vacío, sin aire, sin miedo, sin prisa, en esta inmovilidad se favorece la claridad y lucidez para poder observar los pensamientos, para darte cuenta más objetivamente de lo que ocurre en tu mente. Recuerda no razonar, no reflexionar, no sacar conclusiones; solo darte cuenta del contenido o de lo que se siente en tu mundo interno. Podría ser adecuado después, en otro momento, reflexionar lo visto.

Importante: en caso de personas con hipertensión o embarazadas no practicar las retenciones. En caso de problemas del corazón consultar con el médico y después con un profesor que pueda atenderte adecuadamente.

La respiración: Meditaciones B y C

4. La atención

En los ejercicios de meditación suele elegirse un soporte (un punto, idea u objeto) y nos proponemos no mover la atención de dicho punto para concentrarnos en él. Los sitios habituales donde se practica la concentración (concentración = atención sostenida en el tiempo) son la propia respiración y sus movimientos, la punta de la nariz, la pantalla mental, el entrecejo o también puede ser algo exterior como la llama de una vela.

El papel clave de la atención

Ya se ha señalado que realmente no es imprescindible perfeccionar la postura (asana) ni realizar estrictamente la técnica de la respiración. Lo mejor es estar relajado y **lo que es realmente determinante es la atención.** En verdad, y aunque se insiste mucho en esto, no es imprescindible que la espalda esté perfectamente recta. Es lo ideal, pero si estás relajado todo fluirá mejor.

Sí es imprescindible estar presente, no evadirte, no dejarte llevar por las películas de la mente y estar donde te has propuesto estar, en ese ejercicio interior, ese **ejercicio de atención quieta.** Esto es lo importante en yoga, cuidar la atención.

Si se cansa el cuerpo y se curva un poco la espalda, casi es mejor permitirlo y olvidarte que distraerte por la molestia de tener que mantenerte erguido estando ya cansado.

Si la respiración que me ha indicado el profesor me resulta un poco incómoda o no puedo practicarla tal como me dice es algo normal. Cada persona tiene una capacidad pulmonar, un ritmo respiratorio y un control de la musculatura diferente. En este caso, de hecho, es mejor que no hagas la respiración estrictamente como te han enseñado. Esta explicación es utilizada por los instructores de yoga a modo de indicación estándar para que tengas alguna orientación y que, a partir de esta, puedas descubrir en tu cuerpo el ritmo adecuado de respiración para cada instante.

Puede estar bien hacer unos ejercicios de conciencia corporal por partes antes de hacer una primera meditación: lleva tu atención al dedo meñique de la mano izquierda, ahora aísla tu atención en el dedo pulgar de la mano derecha. Continuamente hay información sensorial. Puedes también llevar la atención a lo que estás viendo enfrente o escuchar los sonidos a tu alrededor. Tu atención puede saltar de un sentido a otro. Ahora lleva tu atención a tu mente. ¿En qué estás pensando ahora? Puede que estés repitiendo las palabras que estás leyendo en tu interior o a lo mejor hay otros pensamientos.

Atención quieta

Si lo que se está proponiendo es un ejercicio de atención a la postura y de atención respiratoria, comprendemos la relevancia y el papel global de la atención, que es una atención que escucha, que no analiza. El cuerpo te está hablando de muchas sensaciones; trata de **escucharlas sin sacar conclusiones**. Observa, por ejemplo, si existe una tensión y siéntela. No te preguntes nada, no afirmes nada, sigue observando. A veces solo por observar las cosas van yendo a su sitio, ya sea física o mentalmente. Deja que todo fluya sin intervenir, simplemente observando.

Obstáculos a la atención quieta

Los estímulos externos (ruidos, movimiento…) llamarán tu atención una y otra vez. Es importante encontrar un espacio silencioso, pero también es importante aceptar que no vivimos en un mundo silencioso. No ponerte a meditar junto a un taladro, evidentemente, pero si se oyen voces o ladridos de fondo (o lo que sea) no utilizarlo de justificación o de excusa para distraerte y dejar el ejercicio al creer que es imposible solamente porque hay algún ruido exterior.

Ese estímulo llevará tu atención al ruido de fondo, pero hay que permitir su presencia y no darle importancia para poder llegar a ignorarlo como si no lo percibieras. Cuanta más importancia le des, más veces te irás con tu atención hacia ese ruido o ese estímulo que te está distrayendo y moviéndote de donde te has propuesto tener tu atención.

Al darle la importancia al punto elegido como soporte de la atención aceptas lo que hay alrededor y lo ignoras, como cuando enfocas la mirada en ese objeto que te interesa y el resto de la imagen queda desenfocada, desatendida, nublosa. No se ve tan nítida aunque esté presente.

Los estímulos más habituales que pueden crear reacciones mentales que te hagan perderte del punto que te habías propuesto atender son tres: los ruidos, las molestias físicas o picores y los pensamientos recurrentes. No debemos enfadarnos con el ruido; realmente, es tu reacción ante él, es tu opinión sobre dicho ruido lo que desvía tu atención al pensamiento, no al ruido. De hecho, el ruido es algo sobre lo que podrías tratar de dejar quieta tu atención. El problema son los pensamientos sobre el ruido. No nos molesta el ruido, sino ese pensamiento reactivo que justificamos por existir ruido.

Ocurre algo similar con el cuerpo y sus obstáculos a la quietud: no es el dolor o el cansancio en sí lo que nos distrae, sino nuestra reacción mental ante ello, nuestra opinión en forma de pensamientos, que resuena ahí dentro tras percibir la sensación. Los picores, por otra parte, son bastante más fáciles de superar que los ruidos o dolores. Si no reaccionas ante ellos, si no les das importancia, terminan desapareciendo en cuestión de segundos.

Nuestros deseos y preocupaciones más habituales también volarán por nuestra mente en forma de pensamientos. Cuando nos damos cuenta de que ha aparecido un pensamiento por su cuenta, podemos reaccionar y rebotar a otro pensamiento, perdiéndonos en una cadena de pensamientos, o no reaccionar y dejar que se vaya por sí solo tal como apareció.

La actitud

La atención puede compararse con un músculo, el cual hay que entrenar. Una atención sedentaria o en baja forma es perezosa y está acostumbrada a dejarse llevar por la mente. Está acostumbrada a estar «sentada» en una especie de tren en el que la atención es un pasajero de las películas mentales: vas saltando de pensamiento en pensamiento, rebotando entre ellos, hablando contigo mismo, perdido en tu cabeza. Esto es justo lo que hay que evitar. Sin darnos cuenta nos solemos pasar todo el día haciendo esto mismo, dándole vueltas a la cabeza. Lo realmente importante es que te propongas no hacer esto a la hora de meditar. Lo determinante es darte cuenta de que no estás dejándote llevar por las películas mentales o participando en cadenas de pensamientos.

La atención quieta puede requerir algo de esfuerzo, pero es un esfuerzo sin violencia. Más que esfuerzo en sí, se trata de no rendirse y reintentarlo, redirigiendo la atención al soporte cada vez que te distraigas. Este es el factor que puede generar conflictos internos, cansancio, malos sentimientos o incluso generar pereza o aversión a la meditación. Como ya se indicó en el apartado 0, «Espacio y condiciones», no se puede practicar meditación cansado. A veces podemos sentir nuestra atención desobediente, que reacciona inmediatamente a los estímulos y que se siente muy atraída por los pensamientos. Luchar con ella puede ser agotador y, además, aparecerán pensamientos desagradables si lo haces forzadamente. Por eso debemos sentirnos bien antes de meditar.

Un único y poderoso deseo

Al meditar no se debe buscar un fin, no se debe ponerle un objetivo al que llegar, el fin más bien está en el momento presente, en disfrutar continuamente de tu propia compañía, esto es lo que te llevará al estado de Yoga.

Querer es poder: ilusiónate con meditar, no lo hagas para sanar. Hazlo por curiosidad, por conocer tu mente y, más allá de ella, a ti. Desea de verdad dejar la atención quieta. Este anhelo da la determinación necesaria para mantener la atención quieta a pesar de los tentadores pensamientos y los molestos estímulos.

Activa la actitud determinada, que no deja espacio para la flojera y la superficialidad en la que te dejas llevar y no estás presente. No te sientes ahí simplemente a darle vueltas a la cabeza.

Cuando me dispongo a meditar **solo deseo conservar mi atención quieta** y es un afán **desapegado de los resultados.** Lo intento con **inocencia**, ánimo sereno y **permito que todo se exprese.** Abro los brazos a que ocurra lo que tenga que ocurrir, **observando sin expectativas.** Si existe alguna expectativa más allá de mantener la atención quieta, la atención tendrá verdaderas dificultades para permanecer inmóvil, ya que la expectativa se hace presente y genera cambios en la mente que atraen tu atención, distrayéndola de lo que realmente te está siendo revelado.

Encontrarte contigo debe ser el mayor de tus anhelos e ilusiones. Fíate y despreocúpate. Logra un interés tan enfocado en el interior, en conocerte, que el resto se suelta, que el resto es indiferente. La atención es volátil; los estímulos externos (ruidos, luces, personas que entran, que salen…) arrastran tu atención de golpe, reaccionas. Para no reaccionar sitúate en una posición de indiferencia ante todo, ante toda información de los sentidos y ante todo pensamiento: indiferencia.

Desde la orilla del río

Simplemente, no reacciones. El ejercicio es darse cuenta de los estímulos que aparecen, aceptarlos y permitir que existan, porque si los rechazas ya has reaccionado y te vas del ejercicio, entrando en una pelea contra ese pensamiento o perdiéndote al razonarlo, y así ya se ha ido tu atención de pasajera en un tren de pensamientos.

Por tanto, permite que el pensamiento sea un tren que pasa de largo mientras tú te quedas en la estación, sentado, viendo cómo pasan los trenes sin inmutarte: no piensas en los trenes, pero al observar te sale sin querer el darte cuenta de qué color son, su velocidad… Pero ni siquiera piensas: «Ah, es de color azul». No, lo has visto y punto. No se producen pensamientos, no sacas conclusiones, no generas nuevos trenes. Pensar: «Ah, era de color azul» sería generar otro tren que pasa seguido y en un descuido los pensamientos van rebotando de unos a otros y tu atención se va finalmente mucho tiempo en una cadena de pensamientos.

Si la atención se despista, se distrae, se monta en un tren y comienza a tomar otros trenes, viajando por algo así como una gran ciudad, una gran red de pensamientos. ¿Con cuál empezó? Vamos rebotando y reaccionando a más estímulos y es curioso en qué pensamientos, fantasías o recuerdos terminamos. A veces no tienen nada que ver con el inicial.

Evitar evadirse, darse cuenta del primer estímulo y soltar ese primer tren, bajarte antes de coger el segundo, antes de encadenar con el siguiente pensamiento. No reaccionar, directamente no coger ni un tren, valorar ese pensamiento, permitir que se vaya él solo. Y si resulta que permanece en tu mente, pues te quedas mirándolo hasta que se vaya. Es complejo, pero ese es el concepto de meditar. Es observar **sin intervenir**, no es reflexionar.

No te rindas, no te enfades

Ya sea un pensamiento o un ruido, ya sea dentro o fuera el origen del estímulo que ha arrancado tu atención del ejercicio, no te enfades ni con el ruido de fuera ni con el pensamiento, ni tampoco te enfades contigo mismo por haberte distraído. Con una sonrisa te das cuenta de cómo funciona este «juego», te das cuenta de que la atención al principio es volátil. Simplemente sonríe y, como el que pierde una partida a un juego, vuelve a empezar de cero. Simplemente te das cuenta del estímulo que te ha arrastrado y entonces lo sueltas y vuelves a empezar: vuelves a enfocarte al soporte que habías elegido observar.

Vuelve con ánimo al ejercicio, sonriente. Como quien sale a correr, se cansa, espera un minuto y vuelve a correr y no pasa nada: no se enfada porque esté cansándose. No te metas palizas los primeros días si no estás habituado a correr o se te podría hacer muy duro y podrías dejarlo para siempre. La atención se parece a un músculo; no le provoques agujetas, porque entonces no volverás a intentarlo más del cansancio mental que te puedes generar. Las primeras prácticas van a ser cortitas, ejercicios de descubrir el mundo interior, algo que disfrutar. Más adelante ya nos propondremos sentarnos un tiempo y explorar sin prisas el mundo interior.

Siguiendo con los ejemplos anteriores, imagina que alguien entra tarde a clase de meditación y entonces percibes el ruido y movimiento de esa persona que se ha retrasado: si crees que es normal que el jaleo y la desconsiderada impuntualidad te distraigan, te distraerás; **si no crees nada, podrás continuar con tu ejercicio de atención inalterado** a pesar de percibir la interrupción.

Hay que ser fuerte. Una atención desobediente, que da más importancia al ruido que al punto donde se había propuesto meditar, nos habla de una mente que elige la debilidad. Ser fuerte o débil de mente, aunque depende mucho de la educación y la circunstancia, es en verdad una elección.

¿Por qué la atención no está presente? Te crees tus pensamientos

Nuestra atención suele estar «raptada» principalmente por el sentido de la vista y por las «películas» mentales, pero realmente la atención es independiente del cuerpo y de la mente. Podemos dirigir la atención a diferentes partes del cuerpo y de la mente. La atención es el enviado de la conciencia, del observador que usa la atención, y lo observado es el cuerpo y la mente. La explicación por la que la atención queda raptada es porque nos identificamos con lo visto en la mente en lugar de con el observador que ve la mente; por eso nos solemos tomar las cosas de forma tan personal. Es por esta identificación con el contenido de la mente por lo que surgen todos nuestros conflictos, confusiones y sufrimientos.

Es inútil y contraproducente pelear contra la mente. Solo hay que soltar. Más que superar los obstáculos, nos cuesta soltar los pensamientos y creencias. Podemos ser muy caprichosos y a veces queremos que sea todo tal como pretendemos. Eso hace que justifiquemos creencias y que surjan pensamientos muy fuertemente enraizados en nuestras mentes, a los cuales no queremos renunciar. Al creer que tenemos razones para tener ese pensamiento y justificar nuestras creencias perdemos toda la atención en alimentarlas. La atención será desobediente porque esas creencias le están dando pie a que lo sea. Cada uno decide si le da más atención al obstáculo o a la libertad. Es importante soltar las creencias (o por lo menos olvidarlas o ponerlas en duda un instante) para que la atención no sea raptada por el pensamiento; si no, cuesta mucho recuperar la atención, hay resistencia a concentrarse y son las creencias que no queremos soltar, «negocios» fantasiosos en nuestra mente que no estamos dispuestos a desatender ni un instante.

La atención: Meditaciones D y E

5. La pantalla mental (*chidakasha*)

Observa el espacio oscuro que hay frente a tus ojos al tener los párpados cerrados. Explóralo. Se pueden apreciar luces, colores, formas, símbolos, recuerdos, pensamientos, imágenes… Un conglomerado como invisible, pero que está ahí, que se puede ir haciendo consciente poco a poco al observar la pantalla. Hay pensamientos y creencias impregnando la mente. Aquí te haces consciente de tu espacio psíquico, del contenido de tu mente: el contenido «corriente», que se está moviendo; y el contenido condicionante, que tiene como «abrazada», inhibida, a la mente. Son las creencias, pensamientos que están ahí como en segundo plano, sin movimiento, pero listos para saltar en cualquier momento; o están haciendo de pensamiento madre, sacando pequeñas larvas de pensamiento continuamente.

La mente está condicionada. Hay impresiones y creencias que no te permiten ver la realidad tal como es. Creencias que se han ido adquiriendo por sucesos del pasado, a lo mejor no vividos de una forma consciente y sí traumática, que nos han hecho tomar decisiones en forma de creencia para protegernos. Protección a base de creencias, que son como un escudo para evitar volver a situaciones que dieron sufrimiento. Al utilizar creencias, sin querer estamos condicionando nuestra mente, provocando que no pueda estar en paz, que no pueda estar en silencio. Cuando le ponemos esos trucos, esas trampas mentales, esos autoengaños, lo hacemos para no enfrentarnos de frente al sufrimiento por no haber madurado bien la situación que un día nos hizo sufrir, decidiendo inconscientemente construir una especie de laberinto para que cuando se dé esa situación no se pueda reproducir la misma emoción. Pero lo que ocurre es que el suceso real se pierde más allá de un confuso circuito de creencias y al final no entiendes el proceso de lo que estás viviendo.

El objetivo es mantener quietud en este espacio, en chidakasha. Pero, como siempre, no se puede forzar, no se puede pisar el freno. Se intenta tener la mirada en el centro de chidakasha. Primero, si quieres, la puedes explorar; luego propones amablemente a tu vista que se quede quieta en el centro. Es una propuesta; si le cuesta quedarse quieta, permite a tus ojos todos los movimientos que necesiten. Con el tiempo dejará de costarles estar quietos. No exijas.

Siente los ojos, dales atención, permíteles que hagan lo que quieran y sigue dándoles atención. Al final tu atención es como un abrazo cálido y los ojos son tuyos. Eres como su dueño, su señor. A tu cuerpo le gusta que lo sientas, que lo atiendas. En cuanto lo sientes se tranquiliza y pasa lo mismo con los ojos. Siéntelos y amablemente los invitas a quedarse quietos y te olvidas un poco de la mirada. Si se mueve, pues que se mueva: ahí ha quedado la indicación y se hace lo que se pueda. No es estricta, no se obliga a los ojos.

Nos enfocamos a guardar quietud en chidakasha. Aparecerán los pensamientos una y otra vez. Pero tampoco hay que forzar el silencio. Mantener quietud en la pantalla mental (igual ocurre con el cuerpo, con la respiración y con la vista) es una invitación, no una exigencia. Indiferencia ante todo lo que observes.

Ilustración 1. *Cada vez que te des cuenta de que te has perdido del soporte, observa a qué parte de la pantalla mental se habían ido tus ojos y relaciónalo con el tipo de distracción en la que quedó absorbida tu atención*

La pantalla mental: Meditación F

6. La pantalla mental y el subconsciente

Los pensamientos aparecen aunque tú no intervengas en la mente, aunque estés en el modo observador. Sin pensar voluntariamente, aun sin intervenir en el parloteo mental, ahí aparecen pensamientos, aparece contenido, palabras, imágenes, recuerdos… Pensamientos en general. Para mantener quietud lo que nos proponemos es **no reaccionar**.

Ahí va a haber «ruido» (contenido) aunque tú no te pongas a pensar, aunque tú no le des vueltas a la mente y estés de observador, callado, quieto. Ves que también entonces, aunque tú no «hables» (aunque no participes), hay ruido en la mente. Permite que exista todo lo que hay. Se trata de no reaccionar ante nada y permitir que ese pensamiento se vaya por sí solo tal como aparece por sí solo.

El subconsciente es como un programa que funciona de forma independiente y continua y va lanzando pensamientos a la mente desde la base del subconsciente, cuyo programa está formado por tus creencias, deseos, preocupaciones, tu concepto de ti mismo, lo que quieres que piensen de ti, lo que crees que eres tú, lo que quieres ser, tus recuerdos, tu forma de reaccionar… Está ahí todo grabado. Y desde todo ese sistema que se crea en el subconsciente brotan de forma independiente los pensamientos, imágenes y recuerdos. Salen automáticos, es inevitable. Para mantener la quietud en chidakasha es importante aceptar que es inevitable que surjan pensamientos desde el subconsciente.

El subconsciente no somos nosotros, no está bajo nuestro control en ningún momento ni nos representa. Es una programación, es «artificial», son creencias que hemos metido nosotros en nuestra mente de forma sintética, son creencias subjetivas, no es real. Es nuestra «película mental». Es importante desidentificarse de ello, darse cuenta de que todo eso que aparece es solo una película, una programación, que no eres tú. Desidentifícate de ello y obsérvalo desde la distancia del desapego. El siguiente paso es la indiferencia, no reaccionar. Es bastante difícil, pero es muchísimo más difícil si no te desidentificas de los pensamientos, si no te propones de verdad observar tu mente como el que está mirando una televisión, que desde un cómodo sofá ve una película sabiendo que él está realmente en el sofá y que la película es solo una película, que no es real. Y es que en la mente también hay muchas películas. El caso es que muchas veces, sin querer, nos creemos el protagonista de estas películas porque las películas de nuestra mente tratan de nuestra vida. Por tanto, somos inevitablemente el protagonista de dichas películas, pero te tienes que dar cuenta de que estás en el sofá. Aunque la película hable de ti, no eres la película. Tú estás en el sofá viéndola.

Descubriendo el río desde la calma de la orilla

No te creas nada de lo que hay ahí porque, si no, no vas a poder estudiarlo: te pierdes, se te va la atención de pensamiento en pensamiento y estás dentro del tren, no estás en la estación viendo cómo los trenes pasan. Entonces permite que los trenes vengan y vayan. Sigue con la práctica. Según se vaya ralentizando y pausando tu ritmo respiratorio, la velocidad con la que el subconsciente lanza pensamientos también disminuye. Cada vez habrá más espacio entre pensamiento y pensamiento, un espacio de quietud, de silencio. Un espacio en el que si tú no intervienes no hay movimiento o es mínimo el movimiento mental. Entonces trata de estar en ese espacio de calma, trata de no mover tu atención, de no moverte tú, porque los pensamientos que aparecen no eres tú. Identifícate con tu atención, sitúate en el observador, en esa capacidad de hacer consciente esta realidad. No te asustes con lo que aparece, no saques conclusiones, no juzgues, no hagas nada. Ese pensamiento se irá solo y aparecerá otro. Según tu respiración sea más calmada, cada vez aparecerán con menos frecuencia.

Ese es el objetivo, que cada vez exista más espacio entre pensamiento y pensamiento y, por tanto, cada vez **puedas ser más consciente de ellos.** Y si te das cuenta de los pensamientos te das cuenta de tu condicionamiento, de cuál es el contenido de tu mente que viene de tu subconsciente. Te das cuenta de cuáles son tus verdaderas creencias, tus reacciones, tus miedos, preocupaciones, deseos… A veces no sabemos lo que creemos. Esta es la forma de sincerarte contigo y ver de verdad qué es lo que piensas, qué es lo que se ha quedado de verdad condicionando tu forma de reaccionar, qué es lo que crees cuando no estás ahí presente, cuando no estás consciente y reaccionas sin pensar.

¿Y de dónde sacas todo ese contenido de lo que hablas? De unas creencias que ya tienes establecidas por una forma de reaccionar que la haces inmediata: en cuanto sale el estímulo X se da la respuesta Y. Ya tienes bien pensado todo lo que sueles decir. Al final mucha gente es realmente predecible porque está todo programado en el subconsciente y, claro, dependiendo de lo consciente que seas serás más parte del día «programación» (un autómata) o más parte del día «tú mismo», consciente, dueño de tus acciones. Más libre en definitiva.

La falsa seguridad que encontramos en sostener creencias

El subconsciente fácilmente se apodera de ti (de tu atención) porque normalmente nos identificamos con él. Solemos pensar que somos todo ese movimiento continuo de pensamientos y solemos tener la respiración agitada. Por tanto, el subconsciente funciona muy rápido, la velocidad entre pensamiento y pensamiento es alta, el espacio de quietud interior es breve. No te da tiempo a darte cuenta, a pensar, a atender, a observar. Ni siquiera a razonar. La atención va en medio del vagón a todo gas, de pensamiento en pensamiento, y eso te hace reaccionar ante una situación inmediatamente. Y así nos pasamos el día entero, excepto cuando nos pasa **algo fuera de lo habitual (es decir, fuera de los asuntos de los que nuestro subconsciente tiene ya una opinión generada)** y es algo nuevo que te hace estar presente, consciente y plantearte nuevas cosas. Si no, nos pasamos el día a la deriva y queda nuestro destino determinado por nuestro subconsciente. Nuestras formas de reaccionar, lo que se dé en nuestra circunstancia, sumado a lo que nosotros ya tenemos pensado de cómo vamos a reaccionar en todas las situaciones que ya conocemos; eso va a determinar hacia dónde vas a no ser que te dediques a vivir consciente y veas venir cuál va a ser tu respuesta (ya sea de gesto, palabra, pensamiento o acción). Ver venir la respuesta y elegir si hacerla o no, **pero no dejarte llevar.**

No dejarte llevar. El subconsciente tiene esa cualidad de llevarnos, porque es muy cómodo dejarse llevar. Es más cómodo subir al tren que ir a pie y poder elegir tu camino. Tener que tomar decisiones es menos cómodo que tener todas ya decididas. Es por esto que sin querer elegimos identificarnos con los pensamientos. Es lo fácil, nos da seguridad. Si no, hay que plantearse cualquier situación, vivirla presente, y eso nos parece como un reto, aunque en verdad no lo es. Cuando te pones a sentir en lugar de pensar todo fluye. Es la identificación con el subconsciente y las creencias lo que entorpece todo. Hay que fiarse de la observación inmediata, no de la reacción a ella, no del juicio, no de la conclusión.

Desacelerar la mente

Nos interesa que disminuya la velocidad de pensamientos. Aquí, como con todo, no se puede forzar. La mente va frenando por sí sola cuando dejas de intervenir en ella. Si te centras un rato en tu respiración, en ampliar la exhalación y las retenciones, se logrará probablemente mayor espacio entre pensamiento y pensamiento. La respiración tampoco hay que forzarla, se va relajando y ampliando por sí sola. Al atenderla, al conectar con el ritmo adecuado, la respiración sabe cómo relajarte. Ahí no te dejas llevar por la prisa, pero sí te dejas llevar por la intuición a través del continuo sentir y observar. La respiración se irá ampliando entonces por sí sola.

Por entregarte a la observación, el ritmo respiratorio decelera y mientras haces un ejercicio de respiración estás haciendo un ejercicio de atención: haces el ejercicio de calmar el ritmo del subconsciente. Esta es la forma; no pretendas silenciar la mente mediante pensamientos forzados. Eso es hacer ruido (echar leña al fuego) y darle más importancia, **más atención.**

No hay que proponerse parar estos pensamientos; ocurre por sí solo. Es un programa curioso porque hay que buscar la quietud, pero hay técnicas como soltar preguntas al subconsciente sin esperar una respuesta.

Jaque a la mente

Cuando ya has pasado todo el proceso de postura, respiración, atención y pantalla mental se van relajando los pensamientos, van ocurriendo espacios de quietud y entonces lanzas una pregunta como: «¿Quién soy?». No preguntes cosas para las que tengas respuesta porque eso activará la mente. Se trata de hacer preguntas para las que la mente no tenga respuesta. No preguntes cosas sobre las que pueda haber contenido relacionado rebuscando en tu memoria. De usar esta técnica, se utilizan preguntan filosóficas o existenciales, conceptos o ideas (la belleza, la verdad…).

Curiosamente, la mente se queda quieta cuando lanzas una pregunta potente. También se queda quieta cuando preguntas por temas que implican que ya conoces cómo funciona el subconsciente. Preguntas como: «¿Cuál es el siguiente pensamiento que vas a lanzarme?».

Descolocas totalmente al programa, que jamás tendrá respuesta para algo relacionado consigo mismo. Por alguna razón este programa no quiere ser evidente, no quiere ser descubierto, y preguntas que implican su existencia fuera de ti lo descolocan. No se espera estas preguntas y se queda quieto, esconde su programación y se da un vacío, un espacio de silencio, un momento de quietud para disfrutar. **Ese espacio de silencio es para escucharlo.** En el silencio es donde se aprende, es donde puedes de verdad escuchar, es donde puedes por fin ver. Cuando el subconsciente no te dice cómo es el mundo, cuando dejas de tener opinión, puedes ver la realidad tal como es sin pasarla por tu filtro.

Simplemente disfruta del momento de quietud tras la pregunta. Pronto habrá algún movimiento o distracción probablemente. Lanzar estas preguntas es divertido, es como poner a la mente en jaque. Se ve amenazada y se queda quieta. Si haces la pregunta, te olvidas de ella y tratas de descansar en la observación, en la no acción. Encontrar un asiento y lanzar la pregunta con ánimo, pero sin esperar nada. Solo observar.

Si tras poner a la mente en jaque permanece quieta tu atención, la mente no va a poder moverse y habrás hecho un jaque mate, la meta del yoga: el estado de meditación, el estado de Raja Yoga, el fin de las fluctuaciones mentales.

Yoga cîtta vrtti nirodah

De alguna forma, la mente espera que te identifiques con ella y, de hecho, podemos encontrar fuertes resistencias internas a observar la mente como algo externo, algo que posees. Esa resistencia pierde poder sobre ti según se ralentiza el ritmo del subconsciente y será más fácil desapegarse del pensamiento.

Es cómodo creer en tus creencias (valga la redundancia), te sientes cómodo teniendo todo pensado. Entonces es necesaria la valentía: entran miedos cuando se propone este tipo de prácticas. Existe incluso un miedo interno a concentrarse, porque entonces dejas de atender tus preocupaciones en la mente y parece como que, si dejas de atenderlas mentalmente, podría pasar algo malo por atreverte a soltar ese pensamiento. Puede haber múltiples confusiones interiores de forma inconsciente. El subconsciente, por su naturaleza, va a facilitar que te confundas y que te identifiques con él y cuando está agitado te va a poner muy difícil esta práctica de atención. A no ser que tengamos ya la mente en un estado de lucidez serena, no vamos a poder ir directamente al juego de la atención. Hay que hacer todos los pasos.

Lo más cómodo para ti, para tu atención «sedentaria», es dejarse llevar y creerse los pensamientos.

Pantalla mental y subconsciente: Meditación G

7. Fin del yoga

El fin del yoga, el fin de la meditación, es el estado de yoga. El yoga es un estado. Lo que se hace en clases de yoga son técnicas para llegar al yoga. El yoga no es una práctica, sino un estado.

Yoga es el estado en el que la mente se queda en total silencio y sus movimientos paran definitivamente, una desconexión.

Todas las posturas que se hacen en clases de yoga, todo el fortalecimiento, estiramientos, equilibrios, torsiones; todo esto se hace con el único fin de poder permanecer en la postura de meditación cómodamente sin problemas. Con la vida sedentaria de hoy en día no es una postura sencilla de mantener. Hay una generalizada debilidad abdominal y lumbar y muchísima agitación mental. Viene muy bien el ejercicio antes de proponerte sentarte.

¿Cuál es el objetivo de sentarte a meditar?

No hay un objetivo. Cada instante es el objetivo en sí mismo. Simplemente, pasan cosas y el objetivo es solo contemplar, observar. Contemplas y sigues contemplando. Y cuando estás entregado a la contemplación paran los pensamientos y la mente se disuelve, tu estado cambia, tu estado de ser es diferente, la realidad en la que existes ya no es del espacio-tiempo (o espacio-movimiento, mejor dicho), vas a otro estado de ser. Este es el fin del yoga. Para esto se hace todo lo que se practica en yoga. Para esto se practica la meditación.

¿Quién debería meditar?

Estas técnicas son para quien busca la verdad, para quien se hace preguntas: «¿Por qué existo? ¿Dónde estoy? ¿Qué es el universo? ¿Quién soy? ¿Por qué soy?». El yoga es para quien busca la verdad. Cuando deseas solamente la verdad, esta te es concedida.

El deseo es un obstáculo grande en la vida, es un obstáculo impresionante para el yoga. Hay que enfocar todo el deseo a esto, hay que enfocar toda la emoción de la vida. La emoción de la pregunta: «¿Qué es esta realidad?» es la que tiene que motivarte, no otro tipo de anhelos banales, caprichos o pasiones.

Esto no suele ocurrir; la gente tiene sus deseos. ¿Por qué no simplemente disfrutar de la vida? Estas inquietudes suelen surgir cuando ocurre algo impactante en la vida, como alguna crisis importante, pero también hay quien nace ya cuestionándose la realidad a la que acaba de llegar.

Un camino para valientes y puros

Ponle todas las emociones de tu vida (ya sea rabia, ira, tristeza, desamor, preocupación, impulsos de cualquier tipo, miedos), pon toda esa fuerza que tiene ese gran torrente emocional en la práctica. Toda esa intensidad vital conviértela en: «¡Quiero ver la verdad!».

Porque si tienes emociones que te están haciendo plantearte muchas cosas te pueden remover bien profundo. Hay sufrimiento, hay preguntas existenciales. Lleva toda la emoción a la pregunta existencial. Lleva todo el sufrimiento pasado a la pregunta en la pantalla mental. ¿Quién soy? Pon toda la emoción en ser un buscador de verdad. Todo lo que te ha pasado en la vida, todo a lo que das importancia, todo lo que son tus deseos confíalos a esto. Simplemente, pon toda la fuerza de «tu corazón» para poder hacer atenta y sinceramente este ejercicio de observación.

Si el corazón está dividido entre deseos y no desea únicamente la sincera observación, no podrá cesar el movimiento de la mente.

Soltar los deseos no significa renunciar a disfrutarlos si ocurren finalmente. Significa no necesitarlos. Si termina ocurriendo aquello que me gusta, aquello que deseo, pues genial; si no ocurre, bien también. Acepto desde ya el hecho de que puede que no ocurran nunca mis deseos e ilusiones. Lo acepto y no me afecta. Realmente, no necesito tales cosas.

Pensamiento ↔ emoción ↔ acción

Todas las emociones, las que sientes y has sentido, son lo que te mueven, te crean una dirección. La más evidente hoy día a lo mejor es la potencia del deseo sexual, que mueve a la gente a gastar dinero, a vestirse de cierta manera, a ir a ciertos lugares o a adquirir ciertos hábitos o incluso hacer cosas que realmente no quiere, pero que a veces se hacen por trabajar en lograr su objetivo, su deseo.

La emoción impulsa a la acción, determina mucho de tu vida, pero la emoción se activa por pensamientos.

La otra comunicación: la inteligencia del cuerpo y del silencio

Simplemente escuchar y confiar, pues hay una inteligencia ahí dentro que te habla. Observa la pantalla mental y conecta con el silencio. Observa como hay diferentes tipos de movimientos en la mente, identifica cuál procede del subconsciente y ese lo ignoras. Pero hay otra comunicación posible, muy cómoda, en la que parece que también te puedes dejar llevar. La atención puede descansar y relajarse observando lo que comunica esa intuición, pero no es lo mismo que dejarte llevar por las películas de la mente. La diferencia es que cuando nos dejamos llevar por esta comunicación inteligente la atención no se pierde, no se duerme a pesar de relajarse y escuchar. La que se va apagando es la mente.

Permite que todo vaya a su sitio por sí solo. Tú solo observas cómo se va ordenando todo. Hay una corriente ahí dentro que te va a enseñar todo, que te va a hacer un camino agradable y que te va a contar cosas de ti mismo y de esta realidad en la que vives.

Puedes conectar con esta inteligencia cuando te sitúas en posición de observador, de oyente, y si aprecias otro tipo de conversación sutil, que no es con palabras ni imágenes, que es más sensorial que mental; pero que si te concentras en observarla te darás cuenta de que puedes comprenderla a pesar de que no «habla» mediante el canal al que estás habituado (la mente racional) ni mediante el lenguaje al que estás habituado (palabras, sonidos, imágenes).

Esta inteligencia se expresa tanto en el cuerpo como en la mente y puede ser escuchada o «seguida» en ambos. Esta inteligencia expresa conocimiento de forma universal. Después la mente lo razona, lo conceptualiza y limita.

También experimenta y piérdete por la pantalla mental. Confía un poco, no seas demasiado exigente con tener la atención quieta. Simplemente, no te fíes de los pensamientos. Pero también hay que «dejarse hacer». No hay que dejarse llevar, pero a la vez sí. Es complejo:

No hay que dejarse llevar por esos movimientos de vaivén del subconsciente (no hay que reaccionar y perderse desde ahí en una cadena de pensamientos). Pero más allá, en las comunicaciones o información que no se «leen» en pensamientos, si conectas con ellas, ahí sí: déjate guiar. La diferencia es que dejarte llevar aquí te va a permitir seguir consciente y presente y, a pesar de ello, es cómoda esta escucha, no resulta un ejercicio duro mantener la atención aquí. Puedes soltar un poco la atención y no se pierde hacia los pensamientos. Le resulta agradable permanecer en esta escucha más sutil. Entonces, ahí sí, confía y déjate llevar. Disfruta de ese otro tipo de información que te permite seguir presente.

Fin del Yoga: Meditaciones H e I

8. El silencio

Es en el silencio donde por fin puedes escuchar, por fin puedes ver. Aparece otro tipo de información que no tiene forma, que no se mueve pero se siente. No se puede razonar, no se puede pensar porque se pierde la conexión con la misma. Luego, en otro momento, la mente puede darle forma para poder razonar lo observado.

Disfruta del silencio, date cuenta de cómo en el silencio tu atención puede descansar. Ahí no tienes que hacer demasiado esfuerzo por sostenerla. Atrévete a experimentar, vive el silencio sin decirte nada a ti mismo, no pienses acerca del silencio, suéltate en él.

Haya ruido fuera o no, lo importante es el ruido interior. No importa el ruido exterior, sino el ruido interior que se genera debido al ruido exterior. El ruido interior son pensamientos. Si no hay reacción (si no reaccionas ante los estímulos), entonces no se produce un pensamiento interior. Aunque has percibido el ruido, si no reaccionas (si te resulta indiferente) y aceptas que esté ahí el ruido sin que te afecte, no habrá ruido interior (pensamiento), no habrá movimientos mentales en forma alguna (no surgen palabras o sonidos internos).

Por tanto, no importa el ruido exterior, sino el ruido interior (opinión personal reactiva sobre dicho ruido exterior en forma de pensamientos) **que se genera debido al ruido exterior.**

El silencio interior

El silencio interior está siempre presente, como una pared tras la pintura, como un rostro detrás de toda careta. El silencio es la base.

Más allá del ruido siempre hay silencio. Como el frío se muestra en ausencia de calor o la oscuridad se muestra en ausencia de luz, el silencio se muestra en la ausencia de ruido, pero también estaba presente antes de que parase el ruido, solo que no es evidente.

En tu interior, más allá del ruido exterior y del ruido interior, hay silencio.

Experimenta en este espacio, siente el silencio, disfruta del viaje y escucha. Puede parecer curioso lo de escuchar el silencio. Es más sensorial que mental, va más allá de los cinco sentidos juntos. No es la escucha a la que podemos estar habituados (porque entonces sería ruido, no silencio), pero es según se va dando la ausencia de ruido cuando se hace posible el estudio, la escucha. No hay que razonarlo; la simple conexión con el silencio es el fin en sí mismo. A veces el conocimiento aparece de forma racional horas después de haber escuchado el silencio.

Una vez te sientas totalmente enfocado al silencio entrégate a él, déjate llevar, deja que te cuente. En el silencio vas a conectar con tu yo más esencial.

Outro

Solamente necesitas sentarte (asana), mantener quietud en la pantalla mental (chidakasha) y que surja la retención (kumbhaka) de forma espontánea. Si necesitas alguna técnica como soporte o ayuda utiliza ujjaji y trataka. Pide a tu profesor que primero te enseñe bien esto antes de hacer cualquier otra asana o técnica. El exceso de movimientos, asanas, técnicas y conceptos podría alejar al aspirante de la experiencia del yoga.

El yoga, la meditación, es para quien busca la verdad. Si solamente deseas la verdad y nada más, la encontrarás en tu interior, más allá de la mente.

Esta técnica de meditación yoga pertenece a la humanidad. No es de ningún gurú ni de ninguna escuela, no pertenece al hinduismo, ni al budismo, ni a ninguna religión. Las agrupaciones y sus dioses aparecieron después. Es cierto que describen esta técnica de forma similar los que a través de ella llegaron al yoga y así recordaron la filosofía samkhya (véase Yoga-sutra, de Patanjali).

Esta doctrina, que es esencialmente atea y se considera científica, es optimista en cuanto a la posibilidad de conocimiento a través de la experiencia directa: al ir adquiriendo la capacidad de discernir entre lo procedente de la mente propia y lo que realmente está presente de continuo, se puede llegar a conocer la realidad de una forma científica, siendo la evidencia la experiencia directa del propio practicante.

De hecho, es mejor no tener ninguna creencia para poder llegar al yoga. Son necesarias la inocencia, la sinceridad, la valentía, la entrega a la observación. También el desapego de los deseos y el desapego de la importancia personal.

Con amor escribió estas palabras la reina Esirceva. Ella ejecutó la acción de escribir, pero ella no habría conocido nada de esta historia si no hubiera logrado darse cuenta de que lo único que realmente existe es Sabriel. Conocedora de esto, la unión con el guerrero fue definitiva. Por ello, desde entonces, cada vez que Esirceva veía su rostro reflejado en algún espejo, agua o metal, miraba a sus ojos y con profundo respeto y amor saludaba al guerrero sagrado, pronunciando «salve, Adriel» en una sola palabra: Sabriel.

Esirceva

El Silencio: Meditaciones J y K

Para más información, entra en meditación o en www. aitorbayon.com.

Gracias por leerlo. Puedes volver a hacerlo cuando desees y probablemente le encuentres un sentido nuevo. Si en vez de releer lo pones en práctica, descubrirás todo esto y posiblemente mucho más desde tu propia experiencia, desde tu propio observador.

No dudes en escribirme si así lo sientes: aitor@aitorbayon.com.

Según la visión del yoga, no somos nuestro cuerpo ni nuestra mente. Somos el que observa al cuerpo y la mente, esa parte nuestra más allá del espacio y el movimiento, esa parte que no ha cambiado ni un ápice en todos estos años. Somos la conciencia. La mente y el cuerpo son nuestras pertenencias, que sí se encuentran sujetas a las leyes del espacio y el movimiento. La mente, con sus deseos y preocupaciones, absorbió nuestra atención, cortando la conexión entre conciencia y cuerpo-mente. Esa conexión la mantiene la atención. La atención es el enviado de la conciencia. Si perdemos la soberanía sobre la atención, perdemos la soberanía sobre toda nuestra persona, nos perdemos en las películas de la mente y la conciencia entonces se aleja, quedando nuestro destino en las manos de la programación del subconsciente.

Aitor Bayón Alcolea (Bilbao, 1989). Cuestionándose desde la más tierna infancia la realidad a la que acababa de llegar, encontró finalmente consuelo en sus primeras lecturas de filosofía, condición que determinaría que su impulso hacia la escritura se materialice inevitablemente en relatos enigmáticos y simbólicos a través de los que poder observar de manera análoga nuestra misteriosa existencia y comportamiento.